韓國의 漢詩 10

許蘭雪軒 詩集

한국의 한시 10

許蘭雪軒 詩集

허경진 옮김

평민사

□ 완역 개정판에 덧붙여

『허난설헌 시선』을 간행한 지가 벌써 12년이나 되었다. 그때에는 난설헌의 시집을 미처 다 번역하지 못하고 냈었다. 난설헌의 시는 모두 210편인데, 이 가운데 90여 편만 뽑아서 번역했던 것이다. 시간이 없어서만이 아니라, 대표적인 시만 보여주자는 생각도 있었기 때문이다. 물론 이것만으로도 난설헌의 분위기는 전달할 수 있었지만, 세월이 지나면서 아쉬운 생각이 들기 시작했다. 우리나라 최고의 여류시인이었던 난설헌의 시만은 전체의 모습을 보고 싶다는 의견이 많았기 때문이다.

마침 경기도박물관에 소장된 『난설재집(蘭雪齋集)』 중간본을 번역해 달라는 부탁이 들어와, 오랜만에 꼼꼼히 읽어보며 다시 번역할 기회가 생겼다. 지난번에 번역하지 않았던 시는 물론이고, 번역했던 시들도 다시 읽어보며 새롭게 번역했다. 특히 「유선사(遊仙詞)」 87수는 논문을 쓰는 자세로 공부하면서 번역하였다. 언제 읽어도 난설헌의 시는 넓고 깊으면서도 아름답다. 어떤 시들은 남자가 지은 느낌도 든다. 그래서 난설헌의 주위 인물이 그의 시풍을 모방해서 시를 지어 그의 문집에다 집어넣었다는 위조설도 나돌지만, 그만큼 훌륭한 시를 지을 수 있는 시인이 있었다면 당연히 자기 이름으로 발표했을 것이다. 당시 시인들은 시작품을 재산보다도 더 중요하게 생각했기 때문이다. 이러한 위조설은 오히려 난설헌의 시가 그만큼 뛰어나다는 증거이기도 하다.

이번에 완역으로 간행되는 『허난설헌 시집』은 전적으로 경기도박물관의 호의에 의해서 이루어졌다. 난설헌이 지은 시는 문집 밖에도 많이 전한다. 그의 이름으로 전하는 가사도 두 편이나 된다. 이러한 작품들과 그에 대한 많은 자료에 관심이 있는 독자들은 뒷날 경기도박물관에서 간행될 『난설재집』을 구해서 읽어보기 바란다.

　경기도박물관에 넘긴 원고의 간행계획이 연기되었으므로, 일단 평민사에서 그 일부 원고로 완역개정판을 내고자 한다. 완역판이 나올 수 있도록 도와주신 경기도박물관에 감사드린다.

1999년 5월 13일
허경진

□ 초판 머리말

조선시대의 여인들은 이름이 없었다. 기생들에게나 이름이 있었지만, 그 이름은 노리갯감으로 불리기 위해서 붙여졌던 이름이었을 뿐이다. 어렸을 때에는 간난이·큰년이·언년이 등의 아명으로 불렸지만 정작 족보에는 남편의 이름만 실려졌다. 말하자면 일생을 이름도 남기지 못하고 살다가 죽는 것이다.

게다가 삼종지도(三從之道)와 칠거지악(七去之惡) 때문에 여자는 죽을 때까지 남자에게 매어 지내야만 했다. 이처럼 비인간적인 시대에 살면서 떳떳하게 이름과 자, 그리고 호까지 지니고 살던 여자가 바로 허초희이다.

그는 초희(楚姬)라는 이름 외에도 경번(景樊)이라는 자를 가졌으며, 난설헌이라는 호는 널리 알려져 있다. 그러나 다른 여인들이 가지지 못했던 이름을 가졌다는 것이 그에게는 바로 불행의 시작이었다. 이름을 가졌다는 것 자체가 남들로부터 자기 자신을 가려내는 행위이다. 그저 평범하게 살다가 아무것도 남기지 않고 죽어간 다른 여인들과는 달리, 스스로가 평범하기를 거부한 것이다. 그는 이 땅 위에서 겨우 스물일곱 해를 살다 갔지만 그 짧은 세월 속에서도 가장 뛰어났던 여자로서, 그리고 시인으로서의 삶을 살다가 간 것이다.

난설헌의 시가 정한(情恨)의 눈물로 얼룩지게 된 것은 김성립에게 시집간 뒤부터이다. 안동 김씨 집안인 시댁은 5대나 계속 문과에 급제한 문벌이었다. 김성립의 아버지 김첨(金瞻)과 허봉이 호당(湖堂)의 동창이었으며 각별히 사이가 좋았으므로, 이들 사이에서 혼담이 이뤄졌다. 그러나 애초부터 김성립은 허초희와 짝이 될 수가 없었다.

전해 오는 이야기에 의하면, 그는 얼굴이 못생겼으며 방탕성까지 있었다고 한다. 아마도 자기보다 너무나 뛰어난 난설헌에게 자존심이 상하여, 그처럼 빗나갔을 것이다. 게다가 과거 공부를 한다는 핑계로 집에 붙어 있지를 않았다. 강가 서당에서 글을 읽는 남편을 생각하면서 시를 지어 보냈다는 사실까지도 비난하던 시대상황 속에서, 그의 상상력은 자연히 신선세계에 노닐게 되었다.

그가 죽을 무렵에 이르러, 화려했던 친정은 몰락해 가기 시작하였다. 경상감사로 내려갔던 아버지 초당은 서울로 올라오던 길에 상주 객관에서 객사하였다. 둘째 오빠 하곡은 율곡과 당파 싸움 끝에 갑산으로 귀양갔다. 풀려난 뒤에도 한양성 안엔 들어오지 못한다는 단서가 붙었기에, 금강산을 떠돌다가 끝내 고질병을 얻어서 객사하고 말았다. 아들과 딸이 어려서 죽고 게다가 뱃속의 아기까지 죽었으니, 난설헌의 슬픔과 괴로움은 엎친데 덮친 셈이다.

이러한 자기의 삶과 갈등을 표현한 것이 바로 『난설헌집』에 실린 211편의 시이다. 난설헌은 죽으면서 자기의 시를 모두 불태워 버렸지만, 아우 허균이 자기가 베껴 놓은 것과 자기의 기억을 더듬어 엮어낸 것이다. 이 시집은 우리나라뿐만이 아니라 중국과 일본에서도 출판되었다. 특히 중국에는 『난설헌집』에도 실리지 않은 시들이 그의 이름으로 전해지고 있다. 이러한 그의 시들 가운데 90편을 뽑아서 이번 기회에 펴낸다.

난설헌에 관한 글들이 많지만, 오해인 여사의 『난설헌시집』과 허미자 교수의 『허난설헌연구』에서 도움을 받았다.

1987년 9월 허경진

차례

그밖의 시들

부록

오언고시

젊은이의 노래

젊은이는 신의를 소중히 여겨
의협스런 사내들과 사귀어 노네.
구슬 노리개를 허리에 차고
비단도포에는 쌍기린을 수놓았네.
조회를 마치자 명광궁에서[1] 나와
장락궁[2] 언덕길로 말을 달리네.
위성의 좋은 술 사 가지고서
꽃 속에서 노닐다 해가 저무네.
황금 채찍으로 기생집에서 자며
놀기에 정신 팔려 나날 지새네.
그 누가 양웅을[3] 가련타 하랴
문 닫고 들어앉아 「태현경」이나 짓고 있으니.

■

* <소년행>은 악부(樂府)의 곡명이어서, 당나라 이래 많은 시인들이 이 제목과
  소재를 가지고 청춘의 즐거움을 노래하였다.
1. 한나라 무제(武帝)가 태초 4년(B.C.101년)에 지은 대궐 이름이다.
2. 한나라 고조(高祖)가 장락궁과 미앙궁(未央宮)을 지었다. '장락미앙(長樂未
   央)'은 '즐거움이 끝없다'는 뜻이다. 혜제(惠帝) 이후로는 장락궁에다 태후를
   모시고, 궁녀들을 머물게 했다. 이 시에선 화려한 기생집을 뜻한다
3. 한나라 학자 양웅(楊雄)의 자가 자운(子雲)인데, 천지 만물의 기원을 논한
   『태현경』 10권과 『양자법언(揚子法言)』을 지었다. 양(楊)자는 양(揚)자로 더
   많이 쓴다.

少年行

少年重然諾，結交遊俠人.
腰間玉轆轤，錦袍雙麒麟.
朝辭明光宮，馳馬長樂坂.
沽得渭城酒，花間日將晚.
金鞭宿倡家，行樂爭留連.
誰憐楊子雲，閉門草太玄.

느낌

난초 내 모습*

하늘거리는 창가의 난초
가지와 잎 그리도 향그럽더니,
가을바람 잎새에 한번 스치고 가자
슬프게도 찬 서리에 다 시들었네.
빼어난 그 모습은 이울어져도
맑은 향기만은 끝내 죽지 않아,
그 모습 보면서 내 마음이 아파져
눈물이 흘러 옷소매를 적시네.

感遇

盈盈窓下蘭, 枝葉何芬芳.
西風一披拂, 零落悲秋霜.
秀色縱凋悴, 淸香終不死.
感物傷我心, 涕淚沾衣袂.

■

* 자신의 당호를 난설헌(蘭雪軒)이라고 지을 때에 난초에서 난(蘭)자를 따왔으
 므로, 이 시의 제목을 「난초 내 모습」이라고 의역하였다. 「감우(感遇)」 4수
 는 작은 제목이 없는데, 주제에 따라 임의로 작은 제목을 붙였다.

부귀를 구하지 않으리라

낡은 집이라 대낮에도 사람이 없고
부엉이만 혼자 뽕나무 위에서 우네.
섬돌에는 차가운 이끼가 끼고
빈 다락에는 새들만 깃들었구나.
전에는 말과 수레들이 몰려들던 곳
이제는 여우 토끼의 굴이 되었네.
달관한 분의 말씀을 이제야 알겠으니
부귀는 내 구할 바가 아닐세.

又

古宅晝無人, 桑樹鳴鵂鶹.
寒苔蔓玉砌, 鳥雀栖空樓.
向來車馬地, 今成狐兔丘.
乃知達人言, 富貴非吾求.

하늘의 이치를 벗어나기는 어려워라

동쪽 집 세도가 불길처럼 드세던 날
드높은 다락에선 풍악소리 울렸지만,
북쪽 이웃들은 가난해 헐벗으며
주린 배를 안고서 오두막에 쓰러졌네.
그러다 하루아침에 집안이 기울어
도리어 북쪽 이웃들을 부러워하니,
흥하고 망하는 거야 바뀌고 또 바뀌어
하늘의 이치를 벗어나기는 어려워라.

又

東家勢炎火, 高樓歌管起.
北隣貧無衣, 枵腹蓬門裏.
一朝高樓傾, 反羨北隣子.
盛衰各遞代, 難可逃天理.

봉래산에 올라

어젯밤 꿈에 봉래산에 올라
갈파의 용을[1] 맨발로 탔네.
신선께서 파란 옥지팡이를[2] 짚고
부용봉에서 나를 맞아주셨네.
아래로 동해물을 내려다보니
한 잔의 물처럼 고요히 보였지.
꽃 아래서 봉황이 피리를 불고
달빛이 황금 술항아리를 비춰주었지.

又

夜夢登蓬萊, 足躡葛陂龍.
仙人綠玉杖, 邀我芙蓉峰.
下視東海水, 澹然若一杯.
花下鳳吹笙, 月照黃金罍.

■
1. 한나라 도사 비장방(費長房)이 하남성 신채현 억수(滺水) 왼쪽의 갈파에서
   지팡이를 던지자 용이 되었다고 한다. 이 시에서는 신선세계에 올라갔다는
   뜻이다.
2. 비장방이 사장선인(師匠仙人)을 하직하고 돌아올 때에 푸른 옥지팡이를 내
   주어 타고 왔다고 한다.

19

아들 죽음에 곡하다

지난해에는 사랑하는 딸을 여의고
올해에는 사랑하는 아들까지 잃었네.
슬프디 슬픈 광릉 땅에[1]
두 무덤이 나란히 마주보고 서 있구나.
사시나무 가지에는 쓸쓸히 바람 불고
솔숲에선 도깨비불 반짝이는데,
지전을[2] 날리며 너의 혼을 부르고
네 무덤 앞에다 술잔을[3] 붓는다.
너희들 남매의 가여운 혼은
밤마다 서로 따르며 놀고 있을 테지.
비록 뱃속에 아이가 있다지만
어찌 제대로 자라나기를 바라랴.
하염없이 슬픈 노래를[4] 부르며
피눈물 슬픈 울음을 속으로 삼키네.

■

1. 경기도 광주군 초월면 지월리 경수(鏡水)마을 뒷동산에 안동 김씨 선영이
   있어, 어려서 죽은 딸과 아들의 무덤을 여기에 썼다. 지금도 난설헌 무덤 앞
   에 조그만 무덤 둘이 있는데, 이 무덤은 근년에 다시 봉토한 것이라고 한다.
   난설헌은 무덤 앞 산기슭인 모랫골에 살았다고 하는데, 지금도 기왓장이 더
   러 나온다.
2. 지전은 동전처럼 동그랗게 오린 종이인데, 죽은 넋을 부를 때나 상여 앞에
   서 뿌린다.

哭子

去年喪愛女, 今年喪愛子.
哀哀廣陵土, 雙墳相對起.
蕭蕭白楊風, 鬼火明松楸.
紙錢招汝魄, 玄酒奠汝丘.
應知弟兄魂, 夜夜相追遊.
縱有腹中孩, 安可冀長成.
浪吟黃臺詞, 血泣悲吞聲.

3. 현주(玄酒)는 맑은 물을 가리키는데, 제사나 의식에서 술 대신에 쓴다.
4. 황대 아래에 오이를 심어
   오이가 주렁주렁 열렸네.
   세 번 땄을 땐 그래도 괜찮더니
   네 번 따자 덩굴만 남았네. -「황대과사(黃臺瓜辭)」
   당나라 측천무후에게 아들이 넷 있었는데, 무후가 태자 홍(弘)을 독살하였
   다. 그러자 둘째 아들 현(賢)이 태자가 되었는데, 또 죽게 될까봐 두려워하
   며「황대사」를 지었다. 현도 결국 무후에게 배척당하고 죽었다.

21

회포를 풀다

내 소리를 아무도 알아주지 않네

오동나무 한 그루가 역양에서[1] 자라나
차가운 비바람 속에 여러 해를 견뎠네.
다행히도 보기 드문 장인을 만나
베어다가 거문고를 만들었네.
다 만든 뒤 한 곡조를 타보았건만
온 세상에 알아들을 사람이 없네.[2]
이래서 「광릉산」[3] 묘한 곡조가
끝내 전치 않고 말았나 보네.

■
1. 강소성에 역양산이 있는데, 오동나무로 유명하다.
2. 백아(伯牙)가 거문고를 타는데 높은 산에 뜻이 있으면, 종자기(鍾子期)가 듣고서 "태산과 같이 높구나"라고 말하였다. 흐르는 물에 뜻이 있으면, 종자기가 듣고서 "강물처럼 넓구나"라고 말하였다. 백아가 생각한 것을 종자기가 반드시 알아 맞췄다. 종자기가 죽자, 백아가 "지음(知音)이 없다"면서 거문고의 줄을 끊었다. - 『열자』「탕문(湯問)」편
   지음은 '소리를 알아주는 사람'이란 뜻에서 발전하여, '시를 알아주는 사람' 또는 '속마음을 알아주는 친구'라는 뜻으로도 쓰인다.
3. 진나라 죽림칠현 가운데 한 사람이었던 혜강(嵇康, 223-262)이 신선으로부터 전수받았다는 거문고 곡조인데, 혜강이 사형당한 뒤에는 그 곡조가 전하지 않는다.

遣興

梧桐生嶧陽，幾年傲寒陰.
幸遇稀代工，劚取爲鳴琴.
琴成彈一曲，舉世無知音.
所以廣陵散，終古聲埋沈.

봉황은 대나무 열매만 먹네

봉황이 단산 굴에서 나오니[1]
아홉 겹 깃무늬가 찬란해라.
덕을 보여주며 천길 높이 날고
높은 소리로 산 동쪽에서[2] 울어대네.
벼나 조를 구하는 것이 아니라
대나무 열매만 먹는다네.
어쩌다 저 오동나무 위에
올빼미와 솔개만 깃들어 있단 말인가.

又

鳳凰出丹穴, 九苞燦文章.
覽德翔千仞, 噦噦鳴朝陽.
稻粱非所求, 竹實乃其湌.
奈何梧桐枝, 反棲鴟與鳶.

---

1. 봉황은 성군이 세상에 나타나면 따라서 나타난다는 상상 속의 새인데, 봉은 암컷이고, 황은 수컷이다. 단혈산(丹穴山)에서 나와 대나무 열매를 먹고, 오동나무에 깃든다고 한다. 머리 무늬는 덕(德)을, 등의 무늬는 예((禮)를, 가슴 무늬는 인(仁)을, 배의 무늬는 신(信)을 나타내는데, 이 새가 나타나면 천하가 태평해진다고 한다.
2. 조양(朝陽)은 아침 햇빛을 먼저 보는 산의 동쪽을 가리킨다.

다른 여인에게는 주지 마셔요

내게 아름다운 비단 한 필이 있어
먼지를 털어내면 맑은 윤이 났었죠.
봉황새 한 쌍이 마주보게 수 놓여 있어
반짝이는 그 무늬가 정말 눈부셨지요.
여러 해 장롱 속에 간직하다가
오늘 아침 님에게 정표로 드립니다.
님의 바지 짓는 거야 아깝지 않지만
다른 여인 치맛감으론 주지 마세요.

又

我有一端綺, 拂拭光凌亂.
對織雙鳳凰, 文章何燦爛.
幾年篋中藏, 今朝持贈郎.
不惜作君袴, 莫作他人裳.

새 여인에게는 주지 마셔요

보배스런 순금으로
반달 모양 노리개를 만들었지요.
시집올 때 시부모님이 주신 거라서
다홍 비단 치마에 차고 다녔죠.
오늘 길 떠나시는 님에게 드리오니
서방님 정표로 차고 다니세요.
길가에 버리셔도 아깝지는 않지만
새 여인 허리띠에만은 달아 주지 마셔요.

又

精金凝寶氣, 鏤作半月光.
嫁時舅姑贈, 繫在紅羅裳.
今日贈君行, 願君爲雜佩.
不惜棄道上, 莫結新人帶.

시가 사람을 가난케 한단 말을 비로소 믿겠네

요즘 들어 최경창과 백광훈 등이
성당의[1] 시법을 받아 시를 익히니,
아무도 아니 쓰던 「대아」의[2] 시풍
이들을 만나 다시 한 번 쩡쩡 울리네.
낮은 벼슬아치는 벼슬 노릇이 어렵기만 해
변방의 고을살이 후배에게 밀려 시름겹구나.[3]
나이 들어갈수록 벼슬길은 막히니
시가 사람을 가난케 한단 말을 비로소 믿겠네.

■

1. 당나라의 시를 초당(初唐)·중당(中唐)·성당(盛唐)·만당(晚唐)으로 나누는
   데, 두보와 이백이 활동하던 시기가 바로 성당이었다. 조선 초기에는 대부분
   의 시인들이 송나라의 시를 배웠지만, 중기 들어서면서 당나라의 시를 배웠
   다. 난설헌에게 시를 가르쳤다는 손곡 이달(1539-1618)과 고죽 최경창
   (1539-1583), 옥봉 백광훈(1537-1582) 등이 사암 박순에게 당나라의 시를
   배워, 문단에서 이들을 삼당시인(三唐詩人)이라고 불렀다.
2. 대아(大雅)는 크게 올바르다는 뜻이지만, 『시경』 풍(風)·아(雅)·송(頌)의
   한 부분이기도 하다.
3. (급암)이 아뢰었다. "폐하께서 여러 신하를 쓰시는 것이 장작을 쌓는 것 같
   습니다. 나중에 온 사람이 위에 놓입니다." -『한서(漢書)』「급암전(汲黯傳)」
   먼저 등용된 사람보다 나중에 등용된 사람이 뒷자리에 있음을 비유한 말이
   다.

又

近者崔白輩, 攻詩軌盛唐.
寥寥大雅音, 得此復鏗鏘.
下僚困光祿, 邊郡愁積薪.
年位共零落, 始信詩窮人.

부용봉에 오르다

신선께서 알록달록 봉황새를 타고
한밤중 조원궁에[1] 내려오셨네.
붉은 깃발은 바다 구름에 흩날리고
「예상우의곡」이 봄바람에 울리네.
요지[2] 봉우리에서 나를 맞으며
유하주[3] 한 잔을 권하시더니,
푸른 옥지팡이를[4] 빌려주시며
부용봉에 오르자고 인도하시네.

■

1. 당나라 때에 노자를 제사하던 도관 조원각(朝元閣)인데, 강성각(降聖閣)이라
   고도 했다. 이 시에서는 신선이 사는 궁전을 가리킨다.
2. 선녀 서왕모(西王母)가 요지에 산다고 한다.
3. 하늘나라 신선들이 마신다는 술인데, 주림과 목마름을 잊는다고 한다. 종
   (鐘)은 술잔이나 술병이다.
4. 원문의 녹옥(綠玉)은 대나무를 가리킨다. 당나라 시인 백거이나 진도(陳陶)
   가 대나무를 녹옥, 또는 녹옥군이라 하였다. 이백은 「의고시(擬古詩)」에서
   천제가 사는 곳에 있는 나무를 녹옥수(綠玉樹)라 하였고, 「여산요기노시어허
   주시(廬山謠寄盧侍御虛舟詩)」에서 "손에 녹옥 지팡이를 짚고 아침에 황루에
   서 헤어졌네(手持綠玉杖, 朝別黃鶴樓)"라고 하였다.

又

仙人騎綵鳳, 夜下朝元宮.
絳幡拂海雲, 霓衣鳴春風.
邀我瑤池岑, 飲我流霞鐘.
借我綠玉杖, 登我芙蓉峰.

님의 편지를 받고서

멀리서 손님이 오시더니
님께서 보냈다고 잉어 한 쌍을[1] 주셨어요.
무엇이 들었나 배를 갈라서 보았더니
그 속에 편지 한 장이[2] 있었어요.
첫마디에 늘 생각하노라 말씀하시곤
요즘 어떻게 지내느냐 물으셨네요.
편지를 읽어가며 님의 뜻 알고는
눈물이 흘러서 옷자락을 적셨어요.

又

有客自遠方, 遺我雙鯉魚.
剖之何所見, 中有尺素書.
上言長相思, 下問今何如.
讀書知君意, 零淚沾衣裾.

∎

1. 먼 곳에서 온 나그네가
   내게 잉어 한 쌍을 주었네.
   아이를 불러 잉어를 삶으라 했더니
   그 속에서 비단에 쓴 편지가 나왔네.
   客從遠方來, 遺我雙鯉魚.
   呼童烹鯉魚, 中有尺素書. -고악부(古樂府)에서
   옛부터 잉어는 편지를 뜻하는 말로 쓰였으며, 배를 가른다는 말은 편지 봉투
   를 뜯는다는 뜻이다.
2. 소(素)는 흰 편지지이니, 척소서(尺素書)는 한 자나 되는 긴 사연의 편지이다.

31

순임금을 뵈오리라

꽃다운 나무는 물이 올라 푸르고
궁궁이 싹도 가지런히 돋아났네.
봄날이라 모두들 꽃 피고 아름다운데
나만 홀로 자꾸만 서글퍼지네.
벽에는 「오악도」를[1] 걸고
책상 머리엔 「참동계」를[2] 펼쳐 놓았으니,
혹시라도 단사를 만들어내면
돌아오는 길에 순임금을[3] 뵈오리라.

■

1. 동의 태산, 서의 화산, 남의 형산, 중앙의 숭산, 북의 항산을 그린 부적인데,
   오복을 가져다 준다고 한다. 태산의 부적을 지니면 장수하고, 형산의 부적을
   지니면 다치거나 불나지 않으며, 숭산의 부적을 지니면 힘들이지 않고도 큰
   부자가 된다고 한다. 화산의 부적을 지니면 창칼의 재앙에서 벗어날 수 있
   고, 항산의 부적을 지니면 수재로부터 벗어나 복록을 누릴 수 있다고 한다.
   「오악진형도(五岳眞形圖)」라고도 하는데, 삼천태상대도군(三天太上大道君)이
   그렸다고 한다.
2. 도가의 경전인데, 한나라 위백양(魏伯陽)이 지었다.
3. 순임금이 창오산에서 죽었으므로, 창오제라고도 한다. 순임금은 아황과 여
   영 두 왕비 사이에 금실이 좋았다. 그래서 두 왕비가 순임금을 찾으러 갔다
   가, 끝내 찾지 못하자 상수에 빠져 죽었다고 한다.

又

芳樹藹初綠，蘼蕪葉已齊.
春物自妍華，我獨多悲悽.
壁上五岳圖，牀頭參同契.
煉丹儻有成，歸謁蒼梧帝.

오라버니 하곡께

어두운 창가에 촛불 나직이 흔들리고
반딧불은 높은 지붕을 날아서 넘네요.
깊은 밤 시름겨워 더욱 쌀쌀한데
나뭇잎은 우수수 떨어져 흩날리네요.
산과 물이 가로막혀[1] 소식도 뜸하니
그지없는 이 시름을 풀 길이 없네요.
청련궁[2] 오라버니를 멀리서 그리노라니
산속엔 담쟁이 사이로 달빛만 밝네요.

寄荷谷

暗窓銀燭低, 流螢度高閣.
悄悄深夜寒, 蕭蕭秋葉落.
關河音信稀, 端憂不可釋.
遙想靑蓮宮, 山空蘿月白.

■
* 하곡은 난설헌의 둘째 오라버니 봉(篈, 1551-1588)의 호인데, 시를 잘 지었
  으며, 누이 난설헌에게 많은 영향을 끼쳤다. 같은 어머니에게서 태어난 하곡
  허봉과 교산 허균, 난설헌 허초희는 감수성도 예민하고 문장도 뛰어났으며,
  남과 잘 어울리지 못하는 성격까지도 비슷하게 타고났다.
1. 관하(關河)는 변방 국경지대인데, 허봉이 이때 함경도 갑산에 유배되어 있었
   다. 경기도 순무어사로 나갔던 허봉이 병조판서 이이의 잘못을 탄핵하였는
   데, 동인의 선봉이었던 대사간 송응개 · 승지 박근원과 함께 탄핵하다가 오
   히려 유배되었다. 허봉은 창원부사로 좌천되었다가, 수레에서 내리자마자 다
   시 갑산으로 유배되었다. 이 해가 바로 계미년(1583년)이었으므로, 역사에
   서는 이 사건을 계미삼찬(癸未三竄)이라고 한다.
2. 시인 이백의 호가 청련거사였으므로, 시인 허봉이 귀양간 곳을 청련궁이라
   고 하였다.

칠언고시

임을 그리며

자줏빛 퉁소 소리에 구름이 흩어지자
발 밖에는 서리가 차가워 앵무새가 우짖네.
밤 깊어져 외로운 촛불이 비단 휘장을 비추고
이따금 드뭇한 별이 은하수를 넘어가네.
똑똑 물시계 소리가 서풍에 메아리치고
이슬지는 오동나무 가지에선 밤벌레가 우네.
명주 손수건에 밤새도록 눈물 적셨으니
내일 보면 점점이 붉은 자국이 남았으리라.

洞仙謠

紫簫聲裏彤雲散. 簾外霜寒鸚鵡喚.
夜闌孤燭照羅帷, 時見踈星度河漢.
丁東銀漏響西風, 露滴梧枝語夕蟲.
鮫綃帕上三更淚, 明日應留點點紅.

손가락에 봉선화를 물들이고

화분에 저녁 이슬 각시방에 어리니
여인의 열 손가락 어여쁘고도 길어라.
대절구에 찧어서 장다리잎으로 말아
귀고리 울리며 등잔 앞에서 동여맸네.
새벽에 일어나 발을 걷다가 보니
반갑게도 붉은 별이 거울에 비치네.
풀잎을 뜯을 때는 호랑나비 날아온 듯
가야금 탈 때는 복사꽃잎 떨어진 듯,
토닥토닥[1] 분 바르고 큰머리 만질 때면
소상반죽 피눈물의[2] 자국처럼 곱구나.
이따금 붓을 들어 초승달 그리다보면[3]
붉은 빗방울이 눈썹에 스치는 듯하네.

■
1. 서균(徐勻)은 분을 골고루 바르기 위해 토닥거리는 모습이다.
2. 순임금이 창오산에서 죽자, 두 왕비 아황과 여영이 소상강에서 남편의 시체
   를 찾다가 끝내 찾지 못하여 피눈물을 흘렸다. 그 피눈물이 대나무에 얼룩
   져서 소상반죽(瀟湘斑竹)이라고 한다.
3. 붓[彩毫]은 눈썹을 그리는 붓이며, 초승달은 눈썹 모습이다. 춘산(春山)도
   여인의 아름다운 눈썹 모습이다.

染指鳳仙花歌

金盆夕露凝紅房. 佳人十指纖纖長.
竹碾搗出捲菘葉, 燈前勤護雙鳴璫.
粧樓曉起簾初捲, 喜看火星拋鏡面.
拾草疑飛紅蛺蝶, 彈箏驚落桃花片.
徐勻粉頰整羅鬟, 湘竹臨江淚血斑.
時把彩毫描却月, 只疑紅雨過春山.

신선세계를 바라보며

구슬꽃 산들바람 속에 파랑새가[1] 날더니
서왕모는 기린 수레 타고 봉래섬으로 가시네.
난초 깃발 꽃배자에다 흰 봉황을 타고
웃으며 난간에 기대 요초를 뜯네.
푸른 무지개 치마가 바람에 날리니
옥고리와 노리개가 쟁그랑 소리를 내며 부딪치네.
달나라 선녀들은[2] 쌍쌍이 거문고를 뜯고
계수나무[3] 위에는 봄구름이 향그러워라.
동틀 무렵에야 부용각 잔치가 끝나
푸른 옷 입은 동자는[4] 흰 학을 타고 바다를 건너네.
붉은 퉁소 소리에 오색 노을이 걷히자
이슬 젖은 은하수에 새벽별이 지네.

■

1. 청조(靑鳥)는 서왕모의 심부름꾼인데, 사람 머리에 발이 셋 달린 새이다.
2. 소아(素娥)는 달나라 선녀인데, 흰 옷을 입고 흰 난새를 탄다고 한다.
3. 삼화주수(三花珠樹)는 선궁에 있는 계수나무인데, 꽃이 일년에 세 번이나 피고, 오색 열매가 열린다고 한다.
4. 청의동자(靑衣童子)는 서왕모를 모시는 동자이다.

望仙謠

瓊花風軟飛靑鳥, 王母麟車向蓬島.
蘭旌蘂帔白鳳駕, 笑倚紅闌拾瑤草.
天風吹擘翠霓裳, 玉環瓊佩聲丁當.
素娥兩兩鼓瑤瑟, 三花珠樹春雲香.
平明宴罷芙蓉閣, 碧海靑童乘白鶴.
紫簫吹徹彩霞飛, 露濕銀河曉星落.

소상강 거문고 노래

소상강 굽이 파초꽃은 이슬에 젖고
아홉 봉우리에[1] 가을빛 짙어 하늘이 푸르네.
수궁 찬 물결에 용은 밤마다 울고
남방 아가씨[2] 영롱한 구슬 구르듯 노래하네.
짝 잃은 난새와 봉황새는 창오산이 가로막히고
빗기운이 강에 스며 새벽달 희미하네.
한가롭게 벼랑 위에서 거문고를 뜯으니
꽃 같고 달 같은 큰머리의 강아가씨가 우네.
하늘 은하수는 멀고도 높은데
일산과 깃대가 오색 구름 속에 가물거리네.
문밖에서 어부들이 「죽지사」를[3] 부르는데
은빛 호수에 조각달이 반쯤 걸려 있네.

---

1. 순임금 사당을 구의산(九疑山)에 모셨는데, 구점(九點)은 그 아홉 봉우리를
   가리킨다.
2. 창오산 남쪽 호남성 일대를 만(蠻)이라 하는데, 순임금의 두 왕비인 아황과
   여영이 만(蠻) 땅의 아가씨이다.
3. 지방의 풍속이나 남녀의 사랑을 주제로 삼아 지은 악부체(樂府體)의 사곡
   (詞曲)이다. 당나라 때부터 많이 지었다.

湘絃謠

蕉花泣露湘江曲. 九點秋煙天外綠.
水府涼波龍夜吟, 蠻娘輕憂玲瓏玉.
離鸞別鳳隔蒼梧, 雨氣侵江迷曉珠.
閑撥神絃石壁上, 花鬟月鬢啼江姝.
瑤空星漢高超忽, 羽蓋金支五雲沒.
門外漁郎唱竹枝, 銀潭半掛相思月.

사계절 노래

봄

그윽한 뜨락에 비가 내리고[1]
목련 핀 언덕에선 꾀꼬리가 우네.
수실 늘어진 비단 휘장으로 봄추위가 스며드는데
박산[2] 향로에선 한 줄기 향연기가 하늘거리네.
미인이 잠에서 깨어나 새 단장을 매만지니
향그런 비단띠에는 원앙이 수 놓였네.
겹발을 걷고서 비취이불도 개어 놓고
시름없이 은쟁을 안고 〈봉황곡〉을[3] 타네.
금굴레에 안장 타신 님은 어디 가셨나
정다운 앵무새는 창가에서 속삭이네.
풀섶에 날던 나비 뜨락으로 사라지더니
난간 밖 아지랑이 낀 꽃에서 춤추네.
뉘 집 연못가에서 피리 소리 흐느끼는데
금술잔에는 달이 비치네.
시름겨워 밤새 홀로 잠 못 이뤘으니
새벽에 일어나면 명주수건에 눈물자국만 가득하리라.

---

1. 청명절 뒤에 살구꽃이 피는데, 반드시 비가 내린다. 이때 내리는 비를 행화
   우(杏花雨)라고 한다.
2. 박산은 바다 속에 있는 선산(仙山)인데, 이 시에서는 박산 모습을 본뜬 향로
   를 가리킨다.
3. 봉황은 성인이 나오면 나타난다는 상상 속의 새이다. 이 시에서는 〈봉황곡〉
   을 뜻하는데, 님이 오시기를 기다리는 노래이다.

四時詞

春

院落深沈杏花雨. 流鸎啼在辛夷塢.
流蘇羅幕襲春寒, 博山輕飄香一縷.
美人睡罷理新粧. 香羅寶帶蟠鴛鴦.
斜捲重簾帖翡翠, 懶把銀箏彈鳳凰.
金勒雕鞍去何處. 多情鸚鵡當窓語.
草粘戲蝶庭畔迷, 花胃游絲闌外舞.
誰家池館咽笙歌. 月照美酒金叵羅.
愁人獨夜不成寐, 曉起鮫綃紅淚多.

여름

느티나무 그늘이 뜨락에 깔리고 꽃그늘 옅은데
대자리 평상에 누각이 시원하네.
새하얀 모시 적삼엔 구슬 같은 땀방울 엉겼고
부채를 부치니 비단 휘장이 하늘거리네.
계단의 석류꽃은 피었다가 모두 졌는데
햇살이 추녀로 옮겨가면서 발그림자도 비꼈네.
대들보에 낮이 길어 제비는 새끼와 놀고
약초밭 울타리엔 사람이 없어 벌이 장을 보네.
수놓다가 지겨워 낮잠을 못 이기고

비단방석에 쓰러지며 봉황비녀를 떨구니,
이마 위에 땀방울은 잠 잔 자국이 끈적이는데
꾀꼬리 소리가 강남 꿈을 깨워 일으키네.
남쪽 연못의 벗들은 목란배를 타고
연꽃을 따서 나룻터로 돌아오네.
천천히 노를 저으며 <채릉곡>을[1] 부르자
물결 사이 갈매기 한 쌍이 놀라서 날아가네.

夏

槐陰滿地花陰薄. 玉簟銀床敞珠閣.
白苧衣裳汗凝珠, 呼風羅扇搖羅幕.
瑤階開盡石榴花. 日轉華簷簾影斜.
雕梁畫永燕引雛, 藥欄無人蜂報衙.
刺繡慵來午眠重. 錦茵敲落釵頭鳳.
額上鵝黃膩睡痕, 流鸎喚起江南夢.
南塘女伴木蘭舟. 采采荷花歸渡頭.
輕橈齊唱采菱曲, 驚起波間雙白鷗.

■

1. 남녀가 주고받는 가곡인 악부체 <강남롱(江南弄)>의 한 가지인데, 남녀의
   사랑을 노래하였다. <채련곡(採蓮曲)>과 같이 많이 불렸다.

가을

비단 장막으로[1] 추위가 스며들고 아직도 밤이 길게 남았는데
텅 빈 뜨락에 이슬이 내려 병풍이 더욱 차가워라.
연꽃은 시들어도 밤새 향기가 퍼지는데
우물가 오동잎이 져서 가을 그림자 기없네.
물시계 소리만 똑똑 하늬바람에 들려오고
발 바깥에 서리가 짙게 내려 밤벌레 소리 구슬프구나.
베틀에 감긴 무명을 가위로 잘라낸 뒤에
옥문관[2] 님의 꿈 깨니 비단 장막이 쓸쓸하네.
님의 옷 지어내어 먼 길에 부치려니
등불이 쓸쓸하게 어두운 벽을 밝히네.
울음을 삼키며 편지 한 장을 써서
날이 밝으면 남쪽 길 가는 역인에게 부치려네.
옷과 편지 봉해 놓고 뜨락을 거니노라니
반짝이는 은하수에 새벽별이 밝구나.
찬 이불 속에서 뒤척이며 잠도 못 이루는데
지는 달만이 다정하게 병풍 속을 엿보네.

■

1. 중간본 원문에는 "부엌 주(廚)"자로 되어 있는데, 뜻이 통하지 않는다. "장막 주(幬)"자로 고쳐야 한다.
2. 만리장성에서 서역으로 나가는 길목의 이름난 관문인데, 감숙성 돈황현 서쪽, 양관의 서북쪽에 있다. 흔히 옥관(玉關)이라고도 하는데, 한나라 무제 때에 곽거병(郭去病)이 월지(月氏)를 치고 옥문관을 열어 서역과 통하게 했다. 장안으로부터 3,600리 떨어져 있다. 악부시에 많이 나오는 관문인데, 사신이나 군사들이 이곳을 한 번 나가면 살아서 돌아오기 힘든 곳으로 여겼다.

秋

紗幮寒逼殘宵永. 露下虛庭玉屛冷.
池荷粉褪夜有香, 井梧葉下秋無影.
丁東玉漏響西風. 簾外霜多啼夕虫.
金刀剪下機中素, 玉關夢斷羅帷空.
裁作衣裳寄遠客. 悄悄蘭燈明暗壁.
含啼寫得一封書, 驛使明朝發南陌.
裁封已就步中庭. 耿耿銀河明曉星.
寒衾轉輾不成寐, 落月多情窺畵屛.

겨울

구리병 물시계 소리에 차가운 밤은 깊어가는데
휘장에 달이 비치니 비단 이불이 싸늘하네.
궁궐의 갈까마귀는 두레박 소리에 놀라 흩어지고
동이 터오자 다락 창가에 그림자가 어른거리네.
발 앞에서 시녀가 길어온 금병의 물을 쏟으니
대야의 물이 손에는 껄그러워도 연지 분내는 향그럽네.
손을 자주 불면서 눈썹을 그리노라니
새장 속의 앵무새가 서리를 싫어하네.
이웃집 벗들이 웃으며 말하기를
옥 같은 얼굴이 님 생각에 핼쓱해졌다네.
숯불 핀 화로가 따뜻해 봉황 피리를 불고

장막 밑의 고아주를[1] 춘주로[2] 바치네.
난간에 기대어 변방의 님을 그리워하니
말 타고 창 잡으며 청해[3] 물가를 달리시겠지.
휘몰아치는 모래와 눈보라에 갖옷도 해졌을 테고
향그런 안방을 그리워하며 눈물이 수건에 가득할 테지.

冬

銅壺滴漏寒宵永. 月照紗幃錦衾冷.
宮鴉驚散轆轤聲, 曉色侵樓窓有影.
簾前侍婢瀉金瓶, 玉盆手澀臙脂香.
春山描就手屢呵, 鸚鵡金籠嫌曉霜.
南隣女伴笑相語. 玉容半爲相思瘦.
金爐獸炭暖鳳笙, 帳底羔兒薦春酒.
憑闌忽憶塞北人. 鐵馬金戈靑海濱.
驚沙吹雪黑貂弊, 應念香閨淚滿巾.

■
1. 염소 새끼를 넣어서 만든 술이다.
2. 겨울에 빚어서 봄에 익는 술이다.
3. 중국 청해성에 있는 큰 호수인데, 이 시에서는 군사들이 수자리를 지키는
   변방을 가리킨다.

오언율시

변방에 출정하는 노래

1.

변방의 봉홧불이 황하에 비치니
군사들이 서울 집을 떠나가네.
창을 베고 흰 눈 위에서 자며
말을 몰아서 사막에[1] 다다르네.
북풍에 딱따기 소리 들려오고
오랑캐 소식은 호드기 소리에 들려오네.
해마다 잘 지키건만
전쟁에 끌려다니기 참으로 괴로워라.

出塞曲

烽火照長河. 天兵出漢家.
枕戈眠白雪, 驅馬到黃沙.
朔吹傳金柝, 邊聲入塞笳.
年年長結束, 辛苦逐輕車.

---

* <출새곡>은 악부체 <횡취곡(橫吹曲)>의 하나인데, 변방으로 출정하는 군사
  들을 읊은 노래이다. 당나라 이래 많은 시인들이 이 제목으로 시를 지어, 군
  사들의 괴로움을 노래하였다.
1. 원문의 황사(黃沙)는 몽고의 고비사막이다.

2.

어제 밤에 급한 격문이[1] 날아와
용성이 포위되었다고 알렸네.
호적 소리가 눈보라에 울리더니
칼 차고 금미산에[2] 내달리네.
오랜 수자리에 몸은 어느새 늙었고
멀리 출정나오느라 말도 살찌지 못했네.
사나이는 의기를 소중히 여기니
부디 하란의[3] 목을 매달고 개선하소서.

又

昨夜羽書飛, 龍城報合圍.
寒笳吹朔雪, 玉劍赴金微.
久戍人偏老, 長征馬不肥.
男兒重義氣, 會繫賀蘭歸.

■

1. 다급할 때에 병정을 소집하는 격문인데, 화살에다 깃을 달아서 보내기 때문
   에 우서(羽書)라고 한다.
2. 외몽고에 있는 산인데, 흉노와 자주 싸우는 곳이다.
3. 영하성(寧夏省) 서쪽에서 동북쪽으로 황하까지 이어진 산인데, 이 지방 사람
   들은 아랍선산(阿拉善山)이라고 부른다. 이 시에서는 하란에 출몰하는 흉노
   의 추장을 가리킨다. 하란산에 사는 선비족들이 "하란(賀蘭)" 두 글자를 성
   (姓)으로 삼았기 때문이다.

이의산의 체를 본받아

1.

거울에 먼지가 끼어 난새도[1] 춤추지 않고
빈 집이라서 제비도 돌아오지 않네.
비단 이불엔[2] 아직도 향기가 스며 있건만
옷자락에는 눈물 자국이 젖어 있네.
님 그리는 단꿈은[3] 물가에[4] 헤매고
형주의[5] 구름은 궁궐에[6] 감도는데,
오늘 밤 서강의 저 달빛은
흘러 흘러서 임 계신 금미산에 비치네.

效李義山體

鏡暗鸞休舞, 樑空燕不歸.
香殘蜀錦被, 淚濕越羅衣.
楚夢迷蘭渚, 荊雲落粉闈.
西江今夜月, 流影照金微.

■

* 의산(義山)은 만당(晚唐) 시인 이상은(李商隱 813-858)의 자인데, 호는 옥계
(玉谿)이다. 여인 취향의 고운 시를 많이 지었다. 송나라 때에 양억(楊億) 등
이 그의 시를 본받아 지으면서 『서곤창수집(西崑唱酬集)』을 간행했으므로,
이러한 시를 서곤체(西崑體)라고 했다. 『이의산시집』이 남아 전하며, 『당서』
권 190에 그의 전기가 실려 있다. 서곤체를 이상은체, 또는 이의산체라고
하는데, 난설헌의 이 시도 이의산체이다.

1. 거울에다 난새를 새겼는데, 남녀간의 사랑을 뜻한다. 님이 없어서 거울을 볼 필요가 없으므로 오랫동안 거울을 닦지 않았기 때문에, 난새의 모습이 먼지에 덮혀 보이지 않은 것이다.

2. 촉금피(蜀錦被)는 촉에서 난 비단으로 만든 이불이다. 촉에서 이름난 비단이 많이 만들어졌다.

3. 옛날에 초나라 회왕(懷王)이 일찍이 고당(高塘)에 놀러 갔었는데, 피곤해서 낮잠을 잤다. 그러자 꿈속에 한 부인이 나타나 말하였다.
   "첩은 무산의 여신인데, 고당에 놀러 왔습니다. 임금께서도 고당에 놀러 오셨다는 소식을 들었기에, 잠자리를 모시고 싶어 왔습니다."
   회왕이 그를 사랑하였는데, 선녀가 떠나가면서 말하였다.
   "첩은 무산의 남쪽, 고구(高丘)의 험준한 곳에 있습니다. 아침에는 구름이 되었다가, 저녁에는 비가 됩니다." - 송옥(宋玉)「고당부(高塘賦)」

4. 난저(蘭渚)는 난초가 핀 물가이다. 이 시에서는 상강(湘江)에 살다가 선녀가 되어 올라간 두난향(杜蘭香) 이야기인 듯하다.

5. 호남·호북성 일대인데, 옛날 초나라 땅으로 행락지이다.

6. 분위(粉闈)는 상서성(尙書省)의 별칭인데, 벽에 분을 발라서 분성(粉省), 또는 화성(畫省)이라고도 불렸다.

53

2.

달 같은 얼굴을 난새 가리개로[1] 가렸는데
향그런 분 내음이 꽃무늬 치마에서 나네.
애교스런 진땅의 여인에게[2]
위장군인들[3] 어찌 눈물이 없으랴.
옥갑에 연지분 거둬 치우고
향로에다 저녁 향불 바꿔 사르네.
머리를 돌려 무협[4] 밖을 바라다보니
지나가는 비와 떠가는 구름이[5] 어울려 있네.

又

月隱驂鸞扇, 香生簇蝶裠.
多嬌秦地女, 有淚衛將軍.
玉匣收殘粉, 金爐換夕熏.
回頭巫峽外, 行雨雜行雲.

■
1. 참란선(驂鸞扇)은 난새를 탄 신선의 가리개인데, 이 시에서는 아름답다는 뜻
   으로 썼다.
2. 진 땅의 여인으로는 진라부가 가장 유명하다.
3. 흉노를 일곱 번이나 토벌하여 큰 공을 세웠던 장군 위청(衛靑)인데, 그도 출
   정할 때에는 미인과 헤어지기 아쉬워 눈물 흘린다는 뜻이다. 위청의 열전은
   『사기』 권111과 『진한서(前漢書)』 권55에 실려 있다.
   "위장군"은 한나라 시대 장군의 직함이기도 한데, 진(晉)나라 이후로도 계속
   되다가, 당나라 때에 없어졌다.
4. 사천성의 명승인 무산 무협을 가리킨다. 초나라 회왕이 무산의 선녀를 만난
   곳이다.
5. 행우(行雨)와 행운(行雲)은 무산 선녀의 아침 모습과 저녁 모습이다. 운우
   (雲雨)가 합쳐지면 남녀의 즐거움을 뜻한다.

심아지 체를 본받아

1.

긴 낮의 햇볕이 붉은 정자에 비치고
맑은 물결이 파란 못을 거둬가네.
버들 늘어져 꾀꼬리 소리 아름답고
꽃이 지자 제비들 조잘대네.
진흙길이 질어서 꽃신 묻히고
머리채 숙이자 옥비녀 반짝이네.
병풍을 둘러 비단요 따스한데
봄빛 속에서 강남꿈을[1] 꾸네.

效沈亞之體

遲日明紅榭, 晴波斂碧潭.
柳深鸎睍睆, 花落燕呢喃.
泥潤埋金屐, 鬟低膩玉箴.
銀屛錦茵暖, 春色夢江南.

---

* 심아지는 당나라 시인인데, 자는 하현(下賢)이다. 한유(韓愈)에게서 시를 배
  웠는데, 시를 잘 지었다. 『심하현집』이 남아 있다.
1. 남녀간의 사랑을 꿈꾼다는 뜻이다. <몽강남(夢江南)>은 이덕유(李德裕)가 절
   서관찰사가 되었을 때에 죽은 기생 사추랑(謝秋娘)을 위해서 지은 곡조인데,
   뒤에 <망강남(望江南)>이라고 고쳤다.

2.

봄비에 배꽃은 하얗게 피고
새벽 되도록 촛불이 밝구나.
우물가 갈까마귀는 날이 밝자 놀라 날아가고
대들보 제비도 새벽바람에 깜짝 놀라네.
비단 휘장 처량해 걷어치웠더니
침상은 쓸쓸하게 비어 있구나.
구름수레에 학 타고 가는 듯한데
다락 동쪽에 은하수가 고와라.

又

春雨梨花白, 宵殘小燭紅.
井鴉驚曙色, 梁燕怯晨風.
錦幌凄凉捲, 銀床寂寞空.
雲軿回鶴馭, 星漢綺樓東.

처녀적 친구들에게

예 놀던 길가에 초가집 짓고서
날마다 큰 강물을 바라만 본단다.
거울에 새긴 난새는 혼자서 늙어가고
꽃동산의 나비도 가을 신세란다.
쓸쓸한 모래밭에 기러기 내리고
저녁비에 조각배 홀로 돌아오는데,
하룻밤에 비단 창문 닫긴 내 신세니
어찌 옛적 놀이를 생각이나 하랴.

寄女伴

結廬臨古道, 日見大江流.
鏡匣鸞將老, 花園蝶已秋.
寒沙初下鴈, 暮雨獨歸舟.
一夕紗窓閉, 那堪憶舊遊.

갑산으로 귀양 가는 하곡 오라버니께

멀리 갑산으로 귀양 가는 나그네여
함경도[1] 가느라고 마음 더욱 바쁘시네.
쫓겨나는 신하야 가태부시지만[2]
임금이야 어찌 초나라 회왕이시랴.[3]
가을 비낀 언덕엔 강물이 찰랑이고
변방의 구름은 저녁놀을 물드는데,
서릿바람 받으며 기러기 울어 예니
걸음이 멎어진 채 차마 길을 못가시네.[4]

---

1. 함원역은 본현 서쪽 4리에 있다.-『신증동국여지승람』제49권「함경도」홍
   원현
2. 한나라 문제가 20세 밖에 안된 가의(賈誼 B.C. 201-169)를 대중대부에 올
   리고 다시 공경(公卿)으로 등용하려 했는데, 중신들이 모함하여 실각하였다.
   그래서 장사왕과 양회왕의 태부로 밀려났다가, 슬퍼한 끝에 32세 젊은 나이
   로 죽었다.
3. 초나라 회왕이 간신들의 참소를 듣고 충신 굴원을 멀리하였다. 귀양 가는
   오라버니는 가의 같은 충신이지만, 귀양 보내는 선조가 회왕 같이 어리석은
   임금은 아니라는 뜻이다.
4. 중단(中斷)은 기러기 울음소리를 들으며 잠시 발을 멈춰선 하곡의 중단이지
   만, 서릿바람 때문에 기러기가 날아가기를 중단한 것으로도 볼 수 있다. 불
   성항(不成行)을 서릿바람 맞으며 날아가던 기러기가 줄을 이루지 못한다는
   뜻으로도 볼 수 있는 것이다. 형제를 안항(雁行)이라고 하는 말도 여기서 생
   겨났는데, 잘 살아가던 난설헌의 6남매 가운데 하곡이 귀양 가는 바람에 안
   항이 흐트러졌다는 뜻이다.

送荷谷謫甲山

遠謫甲山客，咸原行色忙．
臣同賈太傅，主豈楚懷王．
河水平秋岸，關雲欲夕陽．
霜風吹雁去，中斷不成行．

칠언율시

봄날에 느낌이 있어

한양이[1] 까마득해 애타는 나에게
쌍잉어에[2] 편지를 넣어 한강 가에 전해왔네.
꾀꼬리는 새벽에 울고 시름 속에 비는 오는데
푸른 버들은 봄볕 속에 맑게 한들거리네.
층계에는 푸른 풀이 얽히고 설켜[3] 자라고
거문고는 처량하게도 보얀 먼지 속에 한가롭네.
그 누가 목란배 위의 나그네를 생각하랴
광나루에는[4] 마름꽃만 가득 피어 있구나.

春日有懷

章臺迢遞斷腸人. 雙鯉傳書漢水濱.
黃鳥曉啼愁裡雨, 綠楊晴裊望中春.
瑤階幕歷生靑草, 寶瑟凄凉閒素塵.
誰念木蘭舟上客, 白蘋花滿廣陵津.

---

1. 장대(章臺)는 전국시대 진왕(秦王)이 함양에 세운 궁전인데, 그 뒤부터 훌륭
   한 궁전이나 번화한 거리를 뜻하는 말로 쓰였다. 이 시에서는 남편이 공부
   하러 가 있는 한양을 뜻한다.
2. 31면에 나왔다.
3. 원문의 막력(幕歷)은 멱력(冪歷)으로 써야 뜻이 잘 통한다.
4. 난설헌이 광주 경수마을에 살고 있었으므로 광나루라고 했다

가운데 오라버니의 「견성암」 시에 차운하다

1.

높은 산마루에 구름이 일어 연꽃이 촉촉하고
낭떠러지 나무에는 이슬 기운이 젖어 있네.
경판각에서 염불 마치자 스님은 선정에 들고
법당에서 재가 끝나자 학도 소나무로 돌아가네.
다래 덩굴 얽힌 낡은 집에는 도깨비가 울고
안개 자욱한 가을 못에는 용이[1] 서려 있네.
밤 깊어가며 향그런 등불이 돌의자에 밝은데
동쪽 숲에 달은 어둡고 쇠북소리만 이따금 울리네.

次仲氏見星庵韻

雲生高嶂濕芙蓉. 琪樹丹崖露氣濃.
板閣梵殘僧入定, 講堂齋罷鶴歸松.
蘿懸古壁啼山鬼, 霧鎖秋潭臥燭龍.
向夜香燈明石榻, 東林月黑有踈鍾.

■

1. 촉룡(燭龍)이 안문(鴈門) 북쪽에 있는데, 위우산(委羽山)에 가려 햇빛을 보지
   못한다. 그 신(神)의 얼굴은 사람이고 몸은 용인데, 발이 없다. - 『회남자(淮
   南子)』 「지형훈(地形訓)」
   촉룡이 눈을 뜨면 낮이 되고 눈을 감으면 밤이 되며, 숨을 들이쉬면 겨울이
   되고 숨을 내뿜으면 여름이 된다고 한다.

2.

단을 맑게 쓸고 옥황님께 절 올리자
희미한 새벽별이 은하수가에 반짝이네.
봄놀이하는 선녀들 버선에서 향내가 나고
흐르는 물소리는 상비가¹ 비오는 밤 뜯는 거문고 소릴세.
솔바람 서늘해 빈 집의 외로운 꿈을 녀하고
다락의 아지랑이는 아름다운 꽃을 맑게 적시네.
그윽한 마음은 삼매경을 깨치고도 남아
책상을 마주하고 하루 내내 참선하며 앉았네.

又

淨掃瑤壇禮上仙. 曉星微隔絳河邊.
香生岳女春遊襪, 水落湘娥夜雨絃.
松韻冷侵虛殿夢, 天花晴濕石樓煙.
玄心已悟三三境, 盡日交床坐入禪.

---

1. 순임금의 두 왕비 아황과 여영이 상강에 빠져 죽었으므로, 흔히 상비(湘妃)
　라고 하였다.

자수궁에서 자며 여관에게 바치다

제비처럼 춤추고 꾀꼬리처럼 노래하는데 이름은 막수라네[1]
나이 열다섯에 부평후에게[2] 시집왔다네.
화려한 집에서 거문고 안고 실컷 타며
화관을 즐겨 쓰고 옥황께 예를 올렸네.
구슬집에 달이 밝으면 통소 소리에 봉황새가 내려오고
창가에 구름이 흩어지면 거울에 새긴 난새도 걷혀졌네.[3]
아침저녁으로 단 위에 향을 피우건만
학 등에는 찬바람 일어 어느덧 가을일세.

宿慈壽宮贈女冠

燕舞鶯歌字莫愁. 十五嫁與富平侯.
厭携瑤瑟彈珠閣, 喜着花冠禮玉樓.
琳館月明簫鳳下, 綺窓雲散鏡鸞收.
焚香朝暮空壇上, 鶴背冷風一陣秋.

■
* 자수궁은 도가의 수도원이고, 여관은 여자 도사이다.
1. 당나라 석성(石城)에 살던 여자인데, 노래를 잘했다. 그를 소재로 노래한
   <막수악(莫愁樂)>이 악부에 실려 있다.
   양나라 시대에도 낙양에 막수라는 미인이 살았는데, 13세에 길쌈했으며, 15
   세에 노가(盧家)에 시집가서, 16세에 아후(阿侯)를 낳았다고 한다. 노래를
   잘 불렀으며, 부귀를 누렸다. 악부시에 주인공으로 많이 나온다.
2. 한나라 장안세(張安世)인데, 산동성 부평의 후작에 봉해졌다.
3. 부부 사이가 좋지 않게 되었다는 뜻인데, 막수가 자수궁에 들어와 도를 닦
   게 된 사연을 밝힌 듯하다

꿈을 시로 짓다

바다에 뻗은 봉우리가 큰 자라를[1] 누르고
여섯 용이[2] 새벽에 구강의[3] 파도를 삼켰네.
하늘에 솟은 다락이라 별에 가깝고
노을 낀 하늘에는 해와 달이 높았네.
금솥에는 불로장생의 단정수가[4] 가득하고
옥단에는 날이 개어 붉은 도포를[5] 말리고 있네.
봉래산에 학 타고 가기가 어찌 이리 더딘지
늙은 벽도[6] 아래로 피리를 불며 가네.

■
1. 상상 속의 큰 자라인데, 삼신산(三神山)을 지고 있다고 한다.
2. 마치는 것과 시작하는 것을 크게 밝히면 6효(爻)가 때때로 이뤄지니, 때때로 여섯 용을 타고 하늘에 오른다. ―『주역』「중천건(重天乾)」
   성인이 건도(乾道)의 마침과 시작을 크게 밝히면 괘(卦)의 여섯 자리가 각기 때에 따라 이뤄지고, 이 여섯 양(陽)을 타고 천도가 행해진다는 뜻이다. 이것이 성인의 원형(元亨)이니, 「용비어천가」 제1장에서도 "해동 육룡이 날으사 일마다 천복이시니, 고성(古聖)이 동부(同符)하시니"라고 하였다. 「용비어천가」에 나오는 해동 육룡은 물론 조선 건국의 기틀을 마련한 세종대왕의 여섯 조상이다.
3. 하나라 우(禹)임금이 황하의 홍수를 막기 위하여 하류를 아홉 갈래로 나누었다.
4. 불로장생의 우물물이다. 물이 붉어서 옆을 파 보았더니 단사(丹沙)가 묻혀 있었다고 한다.
5. 신선들이 입는 도포이다.
6. 푸른 복숭아인데, 신선세계에 있다고 한다.

夢作

橫海靈峰壓巨鰲. 六龍晨吸九河濤.
中天樓閣星辰近, 上界煙霞日月高.
金鼎滿盛丹井水, 玉壇晴曬赤霜袍.
蓬萊鶴駕歸何晚, 一曲吹笙老碧桃.

가운데 오라버니의 「고원 망고대」 시에 차운하여 짓다

1.

한 층대가 높은 산을 누르고 서니
서북 하늘 뜬구름이 변방에 닿아 일어나네.
철원에서 나라 세웠던 궁예는[1] 떠나가고
목릉에 가을이 되자 기러기가 날아오네.
산줄기가 대륙을 감돌며 세 고을을 삼키고
강물은 벌판을 가로지르며 아홉 물줄기를 삼켰네.
만리 나그네가 망대에 오르자 날이 저무는데
취하여 긴 칼에 기대 홀로 슬픈 노래를 부르네.

次仲氏高原望高臺韻

層臺一柱壓嵯峨. 西北浮雲接塞多.
鐵峽覇圖龍已去, 穆陵秋色鴈初過.
山回大陸呑三郡, 水割平原納九河.
萬里登臨日將暮, 醉憑長劍獨悲歌.

■
* 망고대는 서울을 바라볼 수 있는 높은 언덕이다. 강원도 철원에 북관정(北寬亭)이 있는데, 북쪽으로 가는 나그네가 이곳에서 한양을 바라보며 절했다.
1. 패도룡(覇圖龍)은 패권을 도모하던 용, 즉 나라를 세우려던 임금을 가리키는데, 이 시에서는 철원에 세운 것을 보아 궁예(弓裔)임을 알 수 있다.

2.

사다리길이 아스라하게 구름에 닿았고
하늘에 솟은 봉우리는 국경의 이정표가[1] 되었네.
산맥은 북쪽으로 삼수에서[2] 끊어지고
지형은 서쪽으로 두 강을 눌러 아득하네.
짙은 안개가 느지막이 개어 외로운 성이 나타나고
거여목이 가을이라 우거지자 말들은 신이 났구나.
동쪽으로 국경을 바라보니 북소리 다급해
곽장군[3] 같은 장수가 언제 다시 등용되랴.

其二

竉嵸危棧切雲霄. 峰勢侵天作漢標.
山脉北臨三水絶, 地形西壓兩河遙.
烟塵晚捲孤城出, 苜蓿秋肥萬馬驕.
東望塞垣鼕鼓急, 幾時重起霍嫖姚.

■

1. 한표(漢標)는 한나라 국경을 표시하던 구리기둥인데, 이 시에서는 우리나라의 경계를 가리킨다.
2. 함경도 삼수군인데, 갑산과 함께 가장 험한 산골이다. 조선시대에 대표적인 유배지이다.
3. 한나라 무제 때의 장수 곽거병(郭去病)이 흉노를 크게 무찔렀는데, 표요교위(嫖姚校尉)를 지냈으므로 흔히 곽표요라고도 불렸다. 표요(嫖姚)는 몸이 날쌘 모습이다.

3.

구름 서린 돌길에 말발굽 디디며
겹겹이 둘린 산에 오르니 하늘에 오른 듯해라.
가을도 저물어 어룡은 큰 구렁에서 울고
비 개자 폭포에 무지개 서네.
장군의 북소리는 출정을 재촉하는데
공주의[1] 비파소리는[2] 원망스럽게 하소연하네.
날 저물며 <출새곡> 부르노라니
칼집에서 연화검이[3] 춤을 추는구나.

■

1. 한나라는 고조 때부터 흉노와 평화를 이루기 위해 정책적으로 공주나 궁녀
   들을 추장에게 출가시켰는데, 무제의 화번공주(和藩公主)가 오손국(烏孫國)
   에 출가하였다.
2. 왕소군(王昭君)은 한나라 효원제(孝元帝)의 궁녀인데, 이름은 장(嬙)이고, 소
   군은 그의 자이다. 황제가 궁녀들의 초상을 그리게 해서 그 초상을 보고 동
   침할 궁녀를 골랐으므로, 궁녀들이 화공에게 뇌물을 주며 잘 그리게 해달라
   고 부탁하였다. 그러나 왕소군은 자신이 왕궁 안에서 가장 아름답다고 생각
   했으므로 굳이 뇌물을 주지 않았고, 그는 끝내 황제의 눈에 띨 기회가 없었
   다. 한나라가 흉노와 화친하는 조건으로 호한선우(呼韓單于)에게 궁녀를 시
   집보내게 되었는데, 왕소군이 뽑혔다. 그가 시집가는 날에야 그의 아름다운
   모습을 본 황제가 화공들을 처벌하였다. 왕소군은 융복(戎服)에 말을 타고
   비파를 들고 흉노 땅으로 갔는데, 끝내 돌아오지 못하고 그곳에서 죽었다.
   왕소군을 소재로 한 시와 연극이 많다.
3. 월왕(越王)의 옥검 가운데 순구검(純鉤劍)이 부용(芙蓉)과 같다고 해서 연화
   (蓮花)라 하였다.

其三

侵雲石磴馬蹄穿. 陟盡重岡若上天.
秋晚魚龍隱大壑, 雨晴虹蜺落飛泉.
將軍鼓角行邊急, 公主琵琶說怨偏.
日暮爲君歌出塞, 劍花騰躍匣中蓮.

4.

만리 출정길에 칼 차고 훌쩍 나서니
하늘 가까운 다락에 석양이 걸렸네.
강물 줄기 서쪽으로는 세 고을이 이어져 있고
산줄기는 남으로 돌며 넓은 들판을 가로막았네.
발 아래는 조각구름이 뭉게뭉게 피어나고
눈에는 큰 바다가 아스라이 들어오는데,
높이 올라가 눈 닿는 곳을 돌아다보니
변방의 말 울음소리에 살기가 넘치네.

其四

萬里翩翩一劍裝. 倚天危閣掛斜陽.
河流西坼連三郡, 山勢南回隔大荒.
脚下片雲生冉冉, 眼中溟海入茫茫.
登高落日時回首, 塞馬嘶風殺氣黃.

도 닦으러 가는 궁녀를 배웅하다

태청궁 하직하고 금란전에서[1] 물러나와
나인의 큰머리를[2] 옥관으로 바꿔 썼네.
푸른 바다에 인연이 있어 봉황새를 타고
벽성에서 꿈을 못 이루어 난새를 탔네.[3]
치맛자락으로 눈을 떨치니 봄구름이 따뜻한데
노리개 소리 하늘에 울려 달빛이 싸늘해라.
몇 번이나 은하수 허공을 거닐었던가[4]
주신 옷을 입으니 임금님 모시던 것처럼 기뻐라.

送宮人入道

拜辭淸禁出金鑾. 換却鴉鬟着玉冠.
滄海有緣應駕鳳, 碧城無夢更驂鸞.
瑤裙振雪春雲暖, 瓊珮鳴空夜月寒.
幾度步虛銀漢上, 御衣猶似奉宸懽.

■

1. 한나라 궁궐의 전각 가운데 하나인데, 한림원(翰林院)의 별칭이다.
2. 아환(鴉鬟)은 다리꼭지를 넣어 튼 검은 타래머리이다.
3. 꿈은 운우(雲雨)의 즐거움을 가리키니, 임금의 사랑을 잃어서 여도사가 되었
   다는 뜻이다.
4. 도사를 보허인(步虛人), 또는 보허자(步虛子)라 하고, 도사가 경 읽는 소리
   를 보허성(步虛聲)이라고 한다.

심맹균의 「중명풍우도」에 쓰다

하늘에 무지개가 사다리처럼 걸려 있어
신선이 맨발로 올라가네.
모진 바람이 산허리에 불자 물결이 일고
어둑한 하늘에 구름이 낮아 소나기 내리네.
구슬을 끌어안은 용은 물속에 잠겼는데
대붕은 날개 번득이며 지평선으로 사라지네.
어둑한 전각에 귀신이 울고 있으니
채색 솜씨 흘러넘치는 데다 원기도 아련해라.

題沈孟鈞中溟風雨圖

虹蜺中宵有天梯. 仙人素足踏雙霓.
獰風吹壁海濤立, 驟雨暗空雲色低.
龍抱火珠潛水宅, 鵬翻逸翮隱坤霓.
沈沈深殿鬼神泣, 彩筆淋漓元氣迷.

황제가 천단에 제를 지내다

일산 수레가[1] 배회하다 푸른 단에 머무니
맑은 밤 계단에 방울 소리 쩔렁거리네.
불로장생하는 교서를 정중히 내리시고
오래 사는 신령한 처방을 자세히 살피시네.
새벽이슬이 꽃을 적시자 은하수도 끊어지고
하늘 바람이 달에 불자 학 울음소리 차가워라.
재 올리는 향이 다 타고 풍경 소리 울리는데
계수나무가 천 겹 만 겹 난간을 둘렀네.

皇帝有事天壇

羽蓋徘徊駐碧壇. 璧堦淸夜語和鑾.
長生錦誥丁寧說, 延壽靈方仔細看.
曉露濕花河影斷, 天風吹月鶴聲寒.
齋香燒罷敲鳴磬, 玉樹千重遶曲欄.

---

1. 우개(羽蓋)는 수레에 달린 일산인데, 왕이나 제후의 수레는 푸른 깃털로 수
   레 위를 덮었다.

손학사의 「북리」 시에 차운하다

붉은 난간 발 위로 해가 돋아 오르는데
정향 천 송이가 봄 시름을 자아내네.
새로 단장한 얼굴을 거울로 보고도
깬 꿈이 마음에 걸려 다락에서 내려오질 않네.
누가 새장에다 앵무새를 키우나
비단 휘장을 드리우고 공후를 타네.
곱게 핀 붉은 분꽃 지는 것이 서럽다고
은대야(盆)에 성급히 눈물을 씻지 마오.

次孫內翰北里韻

初日紅欄上玉鉤. 丁香千結織春愁.
新粧滿面猶看鏡, 殘夢關心懶下樓.
誰鎖彫籠護鸚鵡, 自垂羅幬倚箜篌.
嫣紅落粉堪惆悵, 莫把銀盆洗急流.

* 내한(內翰)은 한림학사인데, 손학사는 당나라 시인 손계(孫棨)이다. 그가 『북리지(北里志)』 1권을 지었는데, 당나라 때의 여러 기생·천자·사대부· 서민들이 주색 즐기는 이야기들을 기록한 책이다.
** 평강리(平康里)에서 북문으로 들어가 동쪽으로 세 구비를 돌아가면 여러 기생들이 모여서 사는 곳이 있다. (이 동네가) 평강리의 북쪽에 있으므로 북리(北里)라고 한다. -『북리지(北里志)』
「북리」는 기생들이 모여 사는 중국 화류가의 풍정을 읊은 시이다.

오언절구

성을 쌓는 노래

1.

천 사람이 모두들 달공이 쳐들고
지경을 다지니 땅 밑까지 쿵쿵거리네.
애써 잘들 쌓긴 하지만
운중 땅의 위상[1] 같은 사또 없구나.

築城怨

千人齊抱杵, 土底隆隆響.
努力好操築, 雲中無魏尚.

---

* 「축성원」은 성을 쌓는 백성들의 원망을 읊으면서 힘든 역사를 풍자하는 시
   인데, 한나라 악부체의 하나이다.
1. 한나라 문제 때에 운중 태수를 지냈다. 자기의 태수 녹봉을 내어서, 닷새에
   소 한 마리씩 잡아 군사들에게 먹였다. 군사들의 사기가 높아서, 흉노들이
   운중에 가까이 오지 못했다. 운중은 산서성과 봉고의 일부인데, 흉노들과 맞
   닿아 있는 변방이다.

2.

성을 쌓고서 밖에다 또 성을 쌓으니
성이 높아서 도적을 막긴 하겠지.
수많은 도적이 쳐들어와서
성을 두고도 막지 못하면 그건 어쩌나.

又

築城復築城, 城高遮得賊.
但恐賊來多, 有城遮未得.

막수의 노래

1.

우리 집은 석성[1] 아래에 있어
석성 바닥에서 낳아 자랐죠.
시집까지 석성 남정네에게 가고 보니
오가며 석성에서 놀게 되었지요.

莫愁樂

家住石城下, 生長石城頭.
嫁得石城壻, 來往石城遊.

---

* 막수는 당나라 석성에 살던 여자인데, 가요를 잘 불렀다. 그를 소재로 한 〈막수악(莫愁樂)〉이 지어졌으며, 그 뒤에 이 제목으로 많은 악부체 시가 지어졌다.
1. 호북성 종상현 서쪽에 있던 마을이다. 막수가 노래를 잘 불러 〈막수악〉이 유명해졌으므로, 뒤에 막수촌이 생겼다.

2.

내[2] 일찍이 백옥당에 살고 있을 제
낭군께선 천리마를 타고 다녔죠.
석성에 아침 해가 돋을 무렵엔
봄 강물에 쌍돛배를 타고 노셨죠.

又

儂住白玉堂, 郎騎五花馬.
朝日石城頭, 春江戲雙舸.

---

2. 농(儂)은 나, 또는 너를 가리키는 속어인데, 악부시에서 많이 썼다. 원래 오
나라 방언이었는데, 수나라 양제(煬帝)가 궁중에서 오나라 음(音)을 즐겨 흉
내냈기 때문에, 농(儂)이라는 말이 널리 쓰이게 되었다. 여러 지방의 풍물과
사랑을 노래한 <죽지사(竹枝詞)>에서도 많이 썼다. 이 시에서는 낭(郎)과 대
조해서 나를 가리키는 말로 썼다.

가난한 여인의 노래

1.

얼굴 맵시야 어찌 남에게 떨어지랴
바느질에 길쌈 솜씨도 모두 좋건만,
가난한 집안에서 자라난 탓에
중매할미 모두 나를 몰라준다오.

貧女吟

豈是乏容色, 工鍼復工織.
少小長寒門, 良媒不相識.

2.

춥고 굶주려도 얼굴에 내색 않고
하루 내내 창가에서 베만 짠다네.
부모님만은 가엾다고 생각하시지만
이웃의 남들이야 나를 어찌 알랴.

又

不帶寒餓色, 盡日當窓織.
唯有父母憐, 四隣何曾識.

■
* 둘째 수는 『난설헌집』에 실려 있지 않고, 『여류시선』에만 전한다.

3.

밤늦도록 쉬지 않고 베를 짜노라니
베틀 소리만 삐걱삐걱 처량하게 울리네.
베틀에는 베가 한 필 짜여 있지만
결국 누구의 옷감 되려나

又

夜久織未休, 戞戞鳴寒機.
機中一匹練, 終作阿誰衣.

4.

손에다 가위 쥐고 옷감을 마르면
밤도 차가워 열 손가락 곱아오네.
남들 위해 시집갈 옷 짓는다지만
해마다 나는 홀로 잠을 잔다오.

又

手把金剪刀, 夜寒十指直.
爲人作嫁衣, 年年還獨宿.

최국보의 체를 본받아 짓다

1.

제게[1] 금비녀 하나 있어요
시집올 때 머리에다 꽂고 온 거죠.
오늘 길 떠나시는 님께 드리니
천 리길 멀리서도 날 생각하세요.

效崔國輔體

妾有黃金釵, 嫁時爲首飾.
今日贈君行, 千里長相憶.

■
* 최국보는 당나라 현종 때의 시인인데, 여인의 정한(情恨)을 즐겨 노래했다.
  시를 잘 지어 집현직학사(集賢直學士)와 예부원외랑(禮部員外郎)에 올랐지
  만, 그의 시집은 지금 남아 있지 않다. 『당시품휘』에는 그의 시가 많이 실려
  있는데, 은번은 평하기를, "국보의 시는 아름답고도 청초해서, 깊이 읊어볼
  만하다. 악부(樂府) 몇 장은 옛사람들도 따라올 수가 없다"고 하였다. 화려
  하고도 환상적인 최국보의 시를 많은 사람들이 좋아하여, 오랫동안 많은 시
  인들이 이를 모방하여 지었다.
 1. 첩(妾)은 소실(小室)의 뜻이 아니라, 여인이 자신을 낮춰 부르는 말이다.
  아내가 남편에게, 또는 딸이 아버지에게도 자신을 첩이라고 말하였다.

2.

못가의 버들잎은 몇 남지 않고
오동 잎사귀도 우물에 떨어지네요.
발 밖에 가을벌레 우는 철 되었건만
날씨가 쌀쌀한데다 이불까지도 얇네요.

又

池頭楊柳踈, 井上梧桐落.
簾外候虫聲, 天寒錦衾薄.

3.

봄비가 자욱히 연못에 내려
싸늘한 기운이 비단 휘장에 스며드네요.
시름겹게 병풍에 기대 바라보니
담장 위에 살구꽃이 떨어지네요.

又

春雨暗西池, 輕寒襲羅幉.
愁倚小屛風, 墻頭杏花落.

장간리 노래

1.

사는 집이 장간리 마을에 있어
장간리 길을 오가곤 했어요.
꽃가지 꺾어들고 님께[1] 묻기도 했죠
내가 더 예쁜가 이 꽃이 더 예쁜가.

長干行

家居長干里, 來往長干道.
折花問阿郎, 何如妾貌好.

■

* 장간리는 강소성 금릉(金陵), 즉 남경에 있던 마을 이름인데, 이 마을을 배경
  으로 해서 남녀의 정한을 다루는 악부체 시 「장간행」이 많이 지어졌다. 그
  가운데 이백과 최호(崔顥)의 시가 유명하다. 이백의 시 「장간행」에 "열네살
  에 당신 아내가 되었지요[十四爲君婦]"라는 구절이 유명해져, 어렸을 때에
  결혼하는 것을 "장간행(長干行)"이라고도 표현하였다.
1. 아랑(阿郞)의 아(阿)자는 호칭에 쓰이는 접두사이다. 낭군, 또는 님으로 번
   역할 수 있다.

2.

간밤에 남풍이 일어
배 깃발 펄럭이며 파수를[2] 향했지요.
북에서 온 사람을 만나 물으니
님께서는 양자강에 계신다 하더군요.

又

昨夜南風興, 船旗指巴水.
逢着北來人, 知君在揚子.

2. 사천성 삼협(三峽) 일대의 양자강 상류를 가리키는데, 무산(巫山)이나 무협
   (巫峽)도 이곳이다. 강물이 파(巴)자로 굽이돌아 파수(巴水)라고 이름지었다.

강남 노래

1.

강남의 날씨는 언제나 좋은데다
비단옷에 머리꽂이까지 곱기도 해요.
서로들 어울리며 마름밥을[1] 따러
나란히 목란배의[2] 노를 저었죠.

江南曲

江南風日好, 綺羅金翠翹.
相將採菱去, 齊盪木蘭橈.

2.

남들은 강남이 좋다지마는
나는야 강남이 서럽기만 해요.
해마다 모래밭 포구에[3] 나가
돌아오는 배가 있나 애타게 바라만 보니.

■
* <강남곡>은 시인들이 즐겨 놀았던 양주(揚州) 일대 여인들의 정한을 노래한
  악부체 시인데, 당나라 이후 많이 지어졌다.
1. 릉(菱)은 마름밥인데, 채릉(採菱)은 연밥을 따는 것과 마찬가지로 남녀의 만
   남을 뜻한다. 젊은 남녀들이 연밥을 딴다는 핑계로 함께 어울려 놀았던 것
   이다.
2. 강남의 심양강(潯陽江) 기슭에 교목인 목란이 많아, 그 나무로 배와 노를 만
   들었다.
3. 포구는 배가 닿는 곳인데, 금릉 건너편 지명이기도 하다. 강소성 강포현 동
   쪽에 있는데, 원래 이름은 포자구(浦子口)이다.

又

人言江南樂, 我見江南愁.
年年沙浦口, 腸斷望歸舟.

3.

호수에 달빛이 처음 비치면
연밥 따서 한밤중에 돌아왔지요.
노 저어서 언덕 가까이 가지 마세요
원앙새가[4] 놀라서 날아간답니다.

又

湖裏月初明, 采蓮中夜歸.
輕橈莫近岸, 恐驚鴛鴦飛.

4.

강남 마을에서 낳고 자랐기에
어렸을 적엔 이별이 없었지요.
어찌 알았겠어요, 열다섯 나이에
뱃사람에게 시집갈 줄이야.

■
4. 원(鴛)은 수컷이고 앙(鴦)은 암컷인데, 언제나 붙어 다닐 정도로 금실이 좋
   은 새이다.

又

生長江南村, 少年無別離.
那知年十五, 嫁與弄潮兒.

5.

붉은 연꽃으로 치마 만들고
새하얀 마름꽃으로 노리개를 만들었죠.
배를 세우고 물가로 내려가
둘이서 물[5] 빠지기를 기다렸었죠.

又

紅藕作裙衩, 白蘋爲雜佩.
停舟下渚邊, 共待寒潮退.

■

5. 새로 들어오는 바닷물이라 차가운 조수[寒潮]라고 하였다.

장사꾼의 노래

1.

아침나절 의주성 물가를 떠나자
북풍이 맞바람으로[1] 불어 왔지요.
뱃전에서 저마다 실컷 술 마시고
달밤에 일제히 노 저어 왔지요.

賈客詞

朝發宜都渚, 北風吹五兩.
船頭各澆酒, 月下齊盪槳.

2.

바람 거세자 물살 급해져
사흘 동안 여울에 묶여 있었죠.
젊은 아낙 뱃전에 걸터 앉아서
향불 피워 놓고 돈셈 배우네요.

又

疾風吹水急, 三日住層灘.
少婦船頭坐, 焚香學筭錢.

■
1. 오량(五兩)은 거슬러 부는 바람인데, 순풍과 반대이다.

3.

돛 달고 바람 따라 잘 가다가
여울 만나면 이내 머물죠.
서강의 물결이 사납다 보니
며칠 걸려야 형주에² 닿으려나.

又

掛席隨風去, 逢灘卽滯留.
西江波浪惡, 幾日到荊州.

---

2. 호북성 강릉의 옛이름인데, 물산이 풍부한 고장이다.

서로 만나는 노래

1.

장안 길가에서 서로 만났죠.
보자마자 좋아져서 정을 주었죠.[1]
황금 말채찍도 내버려 두고
말머리 돌려서 달려갔어요.

相逢行

相逢長安陌, 相向花間語.
遣却黃金鞭, 回鞍走馬去.

2.

기생집 앞에서 서로 만났죠.
수양버들에다 말을 매었죠.
비단옷에다 가죽옷까지 웃으며 벗어
그것들 잡히고서 신풍주를[2] 마셨죠.

又

相逢靑樓下, 繫馬垂楊柳.
笑脫錦貂裘, 留當新豊酒.

1. 화간어(花間語)를 직역하면 "꽃 사이에서 말했다"가 되는데, 사랑을 속삭인
   다는 뜻이다.
2. 강남 신풍이 술의 명산지였다.

대제의 노래

1.

양공의 비에 눈물 떨어지고[1]
고양 연못을[2] 봄풀이 메웠네.
그 누가 술 취해 말을 타고서
흰 두건 거꾸로 쓰고 갔던가.[3]

大堤曲

淚墮羊公碑, 草沒高陽池.
何人醉上馬, 倒着白接䍠.

■
* 대제는 호북성 양양 남쪽의 이름난 유흥가이다. 「대제곡」도 악부체 시인데,
  대개 술을 주제로 하고 있다.
1. 양양 태수였던 양호(羊祜)가 선정을 베풀었는데, 그의 비석을 현산에 세웠
   다. 뒷날 두여(杜預)가 그 비석을 보고 눈물을 흘렸다. 그래서 타루비(墮淚
   碑)라고도 한다.
2. 호북성 양양에 있는 연못인데, 본래 습가지(習家池)라고 했다. 진(晉)나라
   습욱(習郁)이 양어장으로 만들었는데, 애주가인 산간(山簡)이 양양태수로 와
   서 호화롭게 놀았다.
3. 진나라 시인 산간이 형주의 지방관으로 있으면서 양양에 오면 늘 고양의 연
   못에 가서 놀았는데, 술에 취하면 흰 두건을 거꾸로 쓰고 말에 올라탔다고
   한다. 이백의 「양양곡」에 그 모습이 잘 그려져 있다.
   산공이 술에 취했을 때엔
   고양 아래에서 비틀거리네.
   머리에는 하얀 두건을
   거꾸로 쓰고 말에 올라타네. (둘째 수)

2.

아침부터 양양 술에 잔뜩 취해서[1]
금채찍 휘두르며 대제를 달리네.
아이들이 손뼉 치고 웃으면서
저마다 「백동제」를 노래 부르네.[2]

又

朝醉襄陽酒, 金鞭上大堤.
兒童拍手笑, 爭唱白銅鞮.

---

1. 양양은 호북성에 있는 아름다운 고을이다. 옛부터 선녀의 전설과 함께 명승
   지가 많았으며, 술과 풍류에 얽힌 이야기도 많다. 육조(六朝) 때에 송나라
   수왕탄(隨王誕)이 「양양악」을 짓기 시작한 이래, 당나라 때에 악부시로
   「양양곡」이 많이 지어졌다. 이백이 지은 「양양곡」이 특히 유명하다.
   양양은 즐거운 곳이라서
   「백동제」를 노래부르며 춤추네.
   강성에는 맑은 물이 돌고
   꽃과 달이 사람을 홀리게 하네. (첫째수)
2. "백동제"는 말[馬]이다. 「백동제」는 육조 때에 양양에서 유행하던 노래인데,
   양나라 무제(武帝)가 옹진의 지방관으로 있을 때에 거리에 널리 퍼졌던 동
   요이다. 그런데 이 노래대로 이루어지자, 무제가 즉위한 뒤에 「양양탑동제」
   3곡을 지었다.

칠언절구

하늘을 거니는 노래

1.

난새를 타고 한밤중 봉래산에[1] 내려서
기린수레 한가롭게 타고 향그런 풀잎을 밟네.
바닷바람이 불어와 벽도화를 꺾었는데
옥소반에는 안기의 대추를[2] 가득 따다 담았네.

步虛詞

乘鸞夜下蓬萊島. 閑輾麟車踏瑤草.
海風吹折碧桃花, 玉盤滿摘安期棗.

■

* 도사를 보허인(步虛人), 또는 보허자(步虛子)라 하고, 도사가 경 읽는 소리를
  보허성(步虛聲)이라고 한다. <보허사>는 악부 잡곡 가사의 하나인데, 여러
  신선들의 신비스러운 생활과 경묘한 자태를 찬미하는 노래이다. 원래는 도
  관(道觀)에서 제창하였다고 하는데, 많은 시인들이 상상력을 동원하여 이 노
  래를 지었다. 시인들이 신선세계에 있다고 생각했던 인물들과 건물들이 이
  시 속에 등장한다.
1. 동해에 있는 삼신산의 하나인데, 신선들이 살았다고 한다. 우리나라에서는
   한라산을 삼신산 가운데 하나인 영주산에, 금강산을 봉래산에, 지리산을 방
   장산에 비하였다.
2. 신선 안기가 대추를 먹고 천년을 살았다고 한다.

2.

아홉 폭 무지개 치마에[3] 가벼운 저고리로[4]
학을 타고 찬바람 내며 하늘로 돌아오네.
요지엔[5] 달빛이 밝고 은하수도 스러졌는데
옥통소 소리에 삼색 구름이[6] 날아오르네

九霞裙幅六銖衣. 鶴背冷風紫府歸.
瑤海月明星漢落, 玉簾聲裏霱雲飛.

---

* 둘째 수가 중국판『역대여자시집』에는 중종 때에 글씨를 잘 쓰던 시인 유여
  주(兪汝舟 1480-1519)의 아내 작품으로 실려 있다. 유여주의 아내는 임벽
  당(林碧堂) 김씨(金氏)인데, 역시 시를 잘 지었다.
3. 구하군(九霞裙)은 선녀가 입는 아름다운 아홉 폭 치마이다.
4. 수(銖)는 한냥의 24분의 1인데, 가벼움을 뜻한다. 육수의(六銖衣)는 신선들
   이 입는 가벼운 저고리이다.
5. 서왕모가 산다는 곳이다.
6. 오색 구름을 경(慶)이라 하고, 삼색 구름을 휼(霱)이라고 하였다.

색주가의 노래

좁은 길에 색주가[1] 십만 호가 잇달아
집집마다 골목에 수레가[2] 늘어서 있네.
봄바람이 불어와 님 그리는 버들 꺾어버리고
말 타고 온 손님은 떨어진 꽃잎 밟고 돌아가네.

靑樓曲

夾道靑樓十萬家. 家家門巷七香車.
東風吹折相思柳, 細馬驕行踏落花.

---

1. 귀인의 집에 푸른 칠을 했으므로, 호화스런 집이나 색주가를 청루라고 하였다.
2. 칠향거(七香車)는 일곱 가지 향나무로 만든 호화스러운 수레이다.

수자리 노래

1.

선봉이 나팔 불며 진영을[1] 나서는데
눈보라에 얼어붙어 깃발이 펄럭이지 않네.
구름 자욱한 사막 서쪽에[2] 봉화 살펴보고는
밤 깊었는데도 기병들이 평원으로 달리네.

塞下曲

前軍吹角出轅門. 雪撲紅旗凍不翻.
雲暗磧西看候火, 夜深遊騎獵平原.

■

* <새하곡>은 국경의 수자리를 읊은 노래인데, 악부체 시이다. 새하(塞下)는
  만리장성 아래를 가리킨다.
1. 원문(轅門)은 원래 제왕이 지방을 순수할 때에 임시로 설치했던 문인데, 뒤
   에는 군영이나 감영(監營)의 문을 가리켰다. 원(轅)은 전차(戰車)의 채인데,
   예전에 이것을 좌우에 세워서 군영의 문을 만들었기 때문이다
2. 적(磧)은 사막이니, 적서(磧西)는 고비사막의 서쪽, 즉 청해성 밖의 안서(安
   西) 일대를 가리킨다.

2.

수자리의[3] 서글픈 호적 소리 잘 들리지 않고
황사가[4] 만리에 뒤덮여 하늘마저 막혔네.
내일 아침 오랑캐 군막에 패잔병이 모인다고
정탐군이 돌아와서 활을 당겨보네.

隴戍悲笳咽不通. 黃雲萬里塞天空.
明朝蕃帳收殘卒, 探馬歸來試擘弓.

3.

오랑캐 천여 무리가 사막 서쪽으로 내려오니
고산의[5] 봉화가 동제로[6] 들어가네.
장군은 밤새 용성으로[7] 떠나고
군사들은 군영에서 북을[8] 둥둥 울리네.

虜馬千群下磧西. 孤山烽火入銅鞮.
將軍夜發龍城北, 戰士連營擊鼓鼙.

3. 농수(隴戍)는 감숙성 농(隴) 서쪽의 수자리이다.
4. 황운(黃雲)은 고비사막의 모래가 바람에 불려와 하늘을 누렇게 뒤덮은 현상
  을 가리킨다.
5. 산서성 만천현 서남쪽에 있는 산인데, 다른 산들과 이어져 있지 않고 이 산
  만 우뚝 서 있어 고산(孤山)이라고 한다. 다른 이름으로는 개산(介山)이라고
  도 불린다.
6. 역시 산서성에 있는 요새이다.
7. 흉노를 막기 위해서 감숙성 공창에 쌓은 성이다.
8. 비(鼙)는 말 위에서 치는 작은 북이다.

4.

추운 변방이라 봄이 없어 매화도 볼 수 없는데
누가 부는지 <낙매곡>만[9] 피리 소리에 들려오네.
깊은 밤 고향 꿈꾸다 놀라서 깨어나보니
밝은 달빛 혼자서 음산의[10] 망대를 비추네.

寒塞無春不見梅. 邊人吹入笛聲來.
夜深驚起思鄕夢, 月滿陰山百尺臺.

9. 원문에 <낙매곡(落梅曲)>이란 제목은 밝혀져 있지 않지만, 매화 보이지 않
   고 피리소리로만 들린다고 한 것을 보아 짐작하였다.
10. 곤륜산맥의 한 줄기인데, 중국 서북방에 있다. 이 산으로 흉노가 자주 쳐
    들어왔다.

5.

도호사가¹¹ 가을 침입을¹² 막느라 갑옷을 걸치고서
성 남쪽 열겹 포위망을 풀어 버렸네.
창칼에 묻은 흉노의¹³ 피를 깨끗이 씻어내고
백마가 천산의¹⁴ 눈을 밟으며 돌아오네.

都護防秋掛鐵衣. 城南初解十重圍.
金戈渫盡單于血, 白馬天山踏雪歸.

11. 도호(都護)는 점령한 지역을 다스리는 지휘관인데, 이 시에서는 안서도호(安西都護)이다.
12. 흉노가 가을이 되면 겨울 날 준비를 하기 위하여 만리장성 안으로 쳐들어온다. 그래서 방추(防秋)는 흉노들의 가을 침입을 막는다는 뜻이다.
13. 선우(單于)는 흉노의 추장인데, 선우(鮮于)라고도 한다.
14. 천산은 신강성 남쪽에 있는 큰 산맥인데, 여름에도 늘 눈이 덮혀 있어서 설산(雪山)이라고도 한다. 이 산 줄기가 신강성을 둘로 나누는데, 산 북쪽을 천산북로, 산 남쪽을 천산남로라고 한다.

요새로 들어가는 노래

1.

임조에서[1] 싸움이 끝나 패한 말은 울고
패잔 군사가 호각을 불며 빈 군영에 묵네.
회중에선[2] 변방이 무사하다며 알려왔는데
날 저물자 평안성에[3] 봉화가 들어가네.

入塞曲

戰罷臨洮敗馬鳴. 殘軍吹角宿空營.
回中近報邊無事, 日暮平安火入城.

---

1. 감숙성에서 안서로 가는 길목에 있는 요새이다.
2. 감숙성 고원(固原)에 있는 행궁(行宮)인데, 회중궁, 또는 회성(回城)이라고도
   한다.
3. 원래는 하북성 준화현 서남쪽 50리에 있는 성이다. 당나라 태종이 요(遼)를
   정벌하다가 병에 걸렸는데, 이 성을 지나가다가 문득 병이 나았다. 그래서
   이 성 이름을 평안성이라고 하였다.

2.

화산 서쪽 열여섯 고을[4] 새로 수복하고
말안장에 월지의[5] 목을 매달고 돌아왔네.
강가에 나뒹구는 해골들 장사지내줄 사람도 없어
백리 모래밭에는[6] 붉은 피만 흥건해라.

新復山西十六州. 馬鞍懸取月支頭.
河邊白骨無人葬, 百里沙場戰血流.

3.

해가 지자 사막 서쪽에서 봉화가[7] 건너와
요새에 호적 불며 탐정 깃발 펼치네.
사막 북쪽의 선우를 쳐부쉈다고 소식 들리더니
백마 탄 장군이 요새로 돌아오네.

落日狼烟度磧來. 塞門吹角探旗開.
傳聲漠北單于破, 白馬將軍入塞回.

4. 산서(山西)는 만리장성 밖의 화산(華山) 서쪽을 가리키는데, 명나라 때에 16
   주로 나누어 다스렸다.
5. 중앙아시아에 있던 나라인데, 지금의 아프가니스탄 북쪽 우즈벡공화국 일대
   에 해당된다. 월지국 추장의 목을 베어 매달고 개선한 것이다.
6. 몽고의 고비사막을 뜻한다.
7. 사막에서는 말이나 승냥이의 똥을 말려서 연기를 냈으므로 낭연(狼煙)이라
   고 하였다.

4.

붉은 활 흰 화살에 검은 갓옷 입었는데
눈이 파란 보라매가 비단 토시에[8] 앉았네.
허리에 찬 황금 장군인이 말만큼 크니
장군께서 이제 방금 북평후에[9] 제수되셨네.

騂弓白羽黑貂裘. 綠眼胡鷹踏錦韝.
腰下黃金印如斗, 將軍初拜北平侯.

5.

한나라 군기가 음산에 뒤덮이니
오랑캐 필마가 살아가지 못하네.
국경을 평정하느라 애쓰신 반초 장군[10]
한평생 옥문관만[11] 바라보았다네.

漢家征旆滿陰山. 不遣胡兒匹馬還.
辛苦總戎班定遠, 一生猶望玉門關.

8. 금구(錦韝)는 비단 팔찌인데, 매사냥을 위해서 끼는 토시이다. 장군이 팔뚝
   에 보라매를 앉히고 사냥에 나선 모습이다.
9. 진나라 어사 장창(張蒼)이 한나라에 투항했다가, 관중(關中)을 평정하여 북
   평후에 봉작되었다.
10. 한나라 장군 반초(班超)가 서역(西域) 50여 나라를 평정한 공으로 정원후
    (定遠侯)에 봉작되었다.
11. 감숙성 돈황현(敦煌縣) 서쪽에 있는데, 서역으로 통하는 만리장성의 관문
    이다. 한나라 무제 때에 곽거병이 월지국을 치고 옥문관을 열어 서역과 통
    하게 했다.

죽지사

1.

공령[1] 여울 어구에 비가 막 개고
무협에 어스름 안개가 깔렸네.
늘 한스럽긴 님의 마음도 저 밀물처럼
아침엔 나가더라도 저녁엔 돌아왔으면.

竹枝詞

空舲灘口雨初晴. 巫峽蒼蒼烟靄平.
長恨郞心似潮水, 早時纔退暮時生.

---

* 당나라 시인 유우석(劉禹錫)이 통주자사로 좌천되었다가 낭주사마(朗州司馬)로 옮겨졌는데, 그 지방 민요를 들어보니 너무 저속해서 차마 들을 수가 없었다. 그래서 그 지방의 민속을 소재로 해서 칠언절구 형태의 「죽지신사(竹枝新辭)」9장을 지었다. 그 뒤부터 지방 토속을 소재로 다룬 칠언절구들이 많이 지어졌는데, 이러한 시들을 「죽지사」라고 했다. 「죽지사」는 그 뒤에 사패(詞牌)의 이름으로 바뀌었다가, 악부체 시가 되었다. 후세에는 사랑을 소재로 한 「죽지사」도 많이 지어졌으며, 외국의 풍속과 인물을 노래한 「외국죽지사」도 많이 지어졌다. 우리나라에는 조선 후기에 악부시가 유행하였는데, 이때 「죽지사」가 많이 지어졌다.

** 첫째 수와 둘째 수는 중국판 『역대여자시집』에 명나라 성씨(成氏)의 작품으로 실려 있다.

1. 공령탄은 호남성 북쪽에 있는 여울이다. 무협은 사천성과 호남성 사이에 있는 무산 골짜기이다.

2.

양동과 양서의² 봄 물결이 출렁이는데
님 실은 배는 지난해 구당으로³ 떠났어요.
파강 골짜기엔 잔나비 울음만 구슬퍼
세 마디도 채 못 듣고 간장이 끊어져요.⁴

瀼東瀼西春水長. 郎舟去歲向瞿塘.
巴江峽裏猿啼苦, 不到三聲已斷腸.

2. 양자강 상류의 사천성 기주에 양동이 있고, 그 맞은편에 양서가 있다.
3. 물살이 거센 골짜기인데, 기주에 있다. 무협의 상류이다.
4. 환공(桓公)이 촉(蜀)에 들어가 삼협(三峽) 가운데 이르렀는데, 부하 가운데
   한 사람이 원숭이 새끼를 잡았다. 그러자 그 어미 원숭이가 강 언덕을 따라
   슬프게 울면서 쫓아오다가, 백여 리를 못가서 드디어 배 위로 뛰어내리다가
   그만 숨이 끊어졌다. 그 어미 원숭이의 배를 갈라서 그 속을 들여다보니, 창
   자가 마디마디 끊어져 있었다. 환공이 그 말을 듣고 노하여, 그 사람을 내쫓
   으라고 말했다. ─『세설신어(世說新語)』「출면(黜免)」

3.

우리 집은 강릉땅 강가에[5] 있어
문 앞 흐르는 물에서 비단옷을 빨았지요.
아침에 목란배를 한가히 매어 두고는
짝 지어 나는 원앙새를 부럽게 보았어요.

家住江陵積石磯. 門前流水浣羅衣.
朝來閑繫木蘭棹, 貪看鴛鴦相伴飛.

4.

영안궁[6] 밖에 험한 여울이 층층이 굽이쳐
물결 위에 조각배를 노 젓기 어려워요.
밀물도 기약이 있어 절로 오건만
님 실은 배는 한 번 떠난 뒤 언제나 오려나.

永安宮外是層灘. 灘上舟行多少難.
潮信有期應自至, 郎舟一去幾時還.

---

5. 적석기(積石磯)는 강가에 돌이 무더기로 쌓인 곳인데, 강물이 들이쳐서 저절
   로 쌓이기도 했고, 빨래터를 만들려고 일부러 쌓기도 했다.
6. 사천성 기주 어복현에 있는 궁궐이다. 촉나라 유비(劉備)가 오나라를 정벌할
   때에 지었던 행궁인데, 그는 결국 이곳에서 죽었다.

서릉의 노래

1.

소소의[1] 문 앞에 꽃이 활짝 피면
버들가지가 술에 취해 잔을 스쳤지요.
밤이 깊어지면 취한 손님을 붙들고
그림 수레[2] 타고서 달밤에 돌아오지요.

西陵行

蘇小門前花正開. 柳香和酒撲金杯.
夜闌留得遊人醉, 油壁車輕月裏回.

2.

전당 강가에 바로 우리 집이 있는데
오월이면 연꽃이 피기 시작했지요.
검은 머리 반쯤 늘어뜨리고 졸다가 깨면
난간에 기대어 한가롭게 뱃노래를[3] 불렀지요.

錢塘江上是儂家. 五月初開菡萏花.
半嚲烏雲睡新覺, 倚欄閑唱浪淘沙.

■

* 서릉은 절강성 항주의 고산 일대를 가리키는데, 환락가로 이름났다.
1. 옛날 전당(錢塘)의 이름난 기생 소소소(蘇小小)를 가리키는데, 당나라 시인
   이하(李賀)가 「소소소묘(蘇小小墓)」라는 시를 지어 그의 생애를 표현하였다.
2. 유벽거(油壁車)는 화려하게 단청한 부녀자의 수레인데, 소소소가 즐겨 탔다.
3. 「낭도사(浪淘沙)」는 악부의 곡명인데, 뱃노래이다.

둑 위의 노래

십리 긴 둑에 실버들가지 늘어졌고
물 건너 연꽃 향기가 나그네 옷에 가득하네요.
남쪽 호수에 밤새도록 달이 밝아서
아낙네들 다투어 〈죽지사〉를 부르네요.

堤上行

長堤十里柳絲垂. 隔水荷香滿客衣.
向夜南湖明月白, 女郎爭唱竹枝詞.

그네뛰기 노래

1.

이웃집 벗들과 내기 그네를 뛰었지요.
띠를 매고 수건 쓰니 신선놀음 같았어요.
바람 차며 오색 그네줄 하늘로 굴러 오르자
댕그랑 노리개 소리가 나며 버들에 먼지가 일었지요.

鞦韆詞

隣家女伴競鞦韆. 結帶蟠巾學半仙.
風送綵繩天上去, 佩聲時落綠楊烟.

2.

그네뛰기 마치고는 꽃신을 신었지요.
숨 가빠 말도 못하고 층계에 섰어요.
매미날개 같은 적삼에 땀이 촉촉이 배어
떨어진 비녀 주워 달라고 말도 못했어요.

蹴罷鞦韆整綉鞋. 下來無語立瑤階.
蟬衫細濕輕輕汗, 忘却敎人拾墮釵.

■

* 둘째 수는 중국판 『역대여자시집』에 명나라 성씨의 작품으로 실려 있다.

궁녀의 노래

1.
천우각¹ 대궐 아래 아침해가 비치면
궁녀들이 비를 들고 층계를 쓰네.
한낮에 대전에서 조서를 내리신다고
발 너머로 글 쓰는 여관을² 부르시네.

宮詞

千牛閣下放朝初. 擁箒宮人掃玉除.
日午殿頭宣詔語, 隔簾催喚女尙書.

∎

* 왕궁의 일을 읊은 시가 「궁사」인데, 「궁사」는 많이 지어지지 않았다. 왕궁
  속의 일은 비밀스러워서 보통사람들이 잘 알 수도 없었거니와, 그처럼 비밀
  스러운 일을 공공연하게 시로 읊어서 많은 사람들에게 퍼뜨리는 것은 지엄
  한 왕궁에 대한 모독이라고 생각할 수도 있었기 때문이었다. 왕건(王建)이
  「궁사」 100수를 지은 뒤에, 화예부인(花蘂夫人)과 왕규(王珪)가 또한 「궁사」
  100수를 지었다. 손곡 이달과 그에게서 시를 배운 허균과 난설헌이 「궁사」
  를 지었는데, 허균은 100수를 지었다. 손곡이 지은 「궁사」 1수가 중국판『역
  대여자시집』에는 난설헌의 작품으로 실렸지만, 『난설헌집』에는 실리지 않았
  다.
1. 천우(千牛)는 임금을 지키는 벼슬인데, 당나라 때에 천우부(千牛府)를 두고
   대장군을 임명했다. 천우부가 있던 건물이 천우각인 듯하지만, 확실치 않다.
   천우각(天牛閣)이라는 궁전도 있었다.
2. 상서(尙書)는 대궐에서 문서를 맡은 관원이다. 한(漢)나라 때에 여성에게도
   상서 벼슬을 주었으니, 과거시험에 응시하지 못하고 벼슬도 할 수 없었던
   난설헌의 꿈을 '여상서'라는 벼슬에 표현한 것이다.

2.

임금의 행차가 건장대로[3] 납시자
육부의[4] 풍악소리가 장악원에서[5] 흘러나오네.
굽은 난간 향해서 북을[6] 치게 하자
궁녀들이 대궐에 꽃 피었다고 아뢰네.[7]

龍輿初幸建章臺. 六部笙歌出院來.
試向曲欄催羯鼓, 殿頭宮女奏花開.

3. (한나라 무제 때에 백량대가 불타자) 건장궁을 지었다. 그 규모가 천문만호
   (千門萬戶)였고, 전전(前殿)이 미앙궁보다도 높았다. -『사기』권12「효무본
   기(孝武本紀)」
   건장궁은 장안현 서쪽 20여 리에 있었다.
4. 이(吏)·호(戶)·예(禮)·병(兵)·형(刑)·공(工)의 여섯 관서이다.
5. 원(院)은 춤과 노래를 맡은 관서이다.
6. 갈고(羯鼓)는 장고처럼 생긴 작은 북이다.
7. 당나라 명황(현종)이 갈고(羯鼓) 치는 것을 몹시 좋아했다. 2월 초순 어느날
   이른 아침에 간밤부터 오던 비가 개이자, 후원에 버들꽃과 살구꽃이 막 피
   려고 했다. 명황이 이 모습을 보고 탄식하며,
   "이러한 경치를 보고 어찌 좋은 생각을 하지 않을 수 있겠느냐?"
   하더니, 역사(力士)를 보내어 갈고를 가져오게 하였다. 명황이 누각에 앉아
   갈고를 치면서 스스로 한 곡을 지었는데, 이름을 <춘광호(春光好)>라고 하
   였다. 그런 뒤에 버들과 살구나무를 돌아보자, 모두 꽃봉오리가 터져 있었
   다. 명황이 웃으면서 비빈(妃嬪)과 시종들에게 이르길,
   "이 일 때문에 나를 천공(天公 천자)이라고 부르지 않아도 좋다."
   라고 하였다. - 남탁『갈고록(羯鼓錄』

3.

다홍 보자기에다 건계산[8] 차를 싸서
시녀가 봉함하여 꽃으로 맺음하네.[9]
비스듬히 인주를 찍어 칙자를 누르고는
내관들이 대신 댁으로 나누어 보내네.

紅羅褓裏建溪茶. 侍女封緘結出花.
斜押紫泥書勅字, 內官分送大臣家.

4.

새로 기르는 앵무새가 아직도 길들지 않아
새장을 잠근 채 옥루에서 깃들게 했네.
이따금 파란 고개를 돌려 주렴 안쪽을 향해서
농서지방[10] 사투리로 임금께 우짖네.

鸚鵡新調羽未齊. 金籠鎖向玉樓栖.
閑回翠首依簾立, 却對君王說隴西.

8. 복건성 건구현(建甌縣)에서 산출되는 차가 유명했다.
9. 결출화(結出花)는 선물을 포장하여 겉에다 꽃모양의 맺음을 표시하는 방법이다.
10. 감숙성의 서쪽 일대인데, 앵무새가 처음 길들여졌던 곳에서 그곳 사투리를 먼저 배운 것이다.

5.

나례굿[11] 마치자 뜨락에 햇불만 환한데
경양루[12] 밖에서 새벽 종소리 들려오네.
임금께서 조원전에서 하례를 받으시니
햇살이 붉은 문에 비치자 대신들이 절하네.

儺罷宮庭彩炬明.　景陽樓外曉鍾聲.
君王受賀朝元殿,　日照彤闈拜九卿.

---

11. 잡귀를 쫓는 굿인데, 우리나라의 경우 고려시대에는 나례도감에서 이 일을 맡았으며, 조선시대에도 해마다 연말이면 나례를 치렀다.
12. 제나라 무제 때에 궁궐이 깊고 후미져서 단문(端門)의 북소리가 들리지 않자, 경양루 위에다 종을 매달았다. 궁녀들이 이 종소리를 듣고 일찍 일어나서 단장했다. 지금도 이 종이 5고(鼓)와 3고(鼓)에 울린다. -『남제서(南齊書)』「후비전(后妃傳)」

6.

날 저문 뒤 자물쇠로 대궐문[13] 잠그면
얼굴 단장하고 임금님을 모시네.
아감님[14]이 침전 앞에서 비밀쪽지 가리키며
임금님 은총을 얼마나 받았느냐고 자꾸만 물어보네.

黃昏金鎖鎖千門. 一面紅粧侍至尊.
阿監殿前指密詔, 問頻知是最承恩.

7.

화로의 골탄불이[15] 봄이 온 듯 따뜻하건만
팔자 눈썹 맘에 안 들고 분도 고르게 안 받네.
몸을 꾸민 구슬과 비취가 이상하게도 따뜻하니
육궁에다[16] 추위 막는 보배를[17] 내리셨구나.

金爐獸炭欲回春. 八字眉山澁未勻.
共怪滿身珠翠暖, 六宮新賜辟寒珍.

13. 한나라 무제가 건장궁을 지었는데, 그 규모가 천문만호(千門萬戶)를 헤아
    렸다. 그래서 후세 사람들이 궁문을 천문(千門)이라고 하였다. -『자치통감』
    「당기(唐紀)」 주
    천문(千門)은 대궐문이 천개라는 뜻이다.
14. 나인을 감독하던 내시인데, 태감(太監)이라고도 한다.
15. 수탄(獸炭)은 짐승의 뼈로 만든 숯인데, 골탄(骨炭)이라고도 한다.
16. 왕후에게 여섯 궁전이 있었는데, 정침(正寢) 하나와 연침(燕寢) 다섯이다.
17. 숯이 추위를 막는 보배라고 하여, 벽한진(辟寒珍)이라고도 하였다.

8.

할 일 없는 가을의 대궐은 초저녁이 길기도 한데
궁인이 다가와서 임금님을 모시지 못하게 하네.
이따금 가위 잡고 월 땅의 비단을 잘라
촛불 앞에서 한가롭게 원앙새를 수놓네.

淸齋秋殿夜初長. 不放宮人近御床.
時把剪刀裁越錦, 燭前閑繡紫鴛鴦.

9.

새벽부터 장신궁[18] 문 열리길 기다렸건만
내관은 금쇄문 잠그고 그저 돌아가네.
예전엔 남들이 입궁한다 비웃었건만
오늘 아침 내가 들 줄이야 어찌 알았으랴.

長信宮門待曉開. 內官金鎖鎖門回.
當時曾笑他人到, 豈識今朝自入來.

18. 한나라 때에 황태후가 있던 궁궐이다.

10.

피향전[19] 안에 단장한 궁녀를 만나보니
은총을 새로 받아 자리가 높아졌네.[20]
임금 모시고 거문고 한가락 타고 났더니
나인을 부르셔서 오색 치맛감을 내리셨다네.

披香殿裏會宮粧. 新得承恩別作行.
當座繡琴彈一曲, 內家令賜綵羅裳.

11.

더위 피해 서궁에서[21] 조회를 마쳤는데
난간에는 파초 새싹이 새파랗게 퍼졌네.
한가롭게 태의를[22] 따라 바둑을 두고는
구슬 새긴 옥비녀를 내기해서 얻었네.

避暑西宮罷受朝. 曲欄初展碧芭蕉.
閑隨尙藥圍碁局, 賭得珠鈿綠玉翹.

---

19. 한나라 때에 장안에 있던 궁전이다. 허균이 난설헌의 시집을 다 편집한 뒤
   에 발문을 썼던 곳도 피향당(披香堂)이다.
20. 작항(作行)은 항렬, 또는 높은 반열에 오르는 것이다.
21. 장신궁이다.
22. 상약(尙藥)은 임금이나 왕자의 치료를 맡은 의원이다.

12.

부엌에서 수라상을 차려 올리자
향그런 과일과 어죽 사이에 머뭇거리시네.[23]
천천히 육궁 불러 물림상을[24] 나눠 주시자
되물려서 당직 든 나인에게 먼저 먹게 하네.

天廚進食簇金盤. 香果魚羹下筯難.
徐喚六宮分退膳, 旋推當直女先湌.

23. 하저난(下筯難)은 어느 반찬에 먼저 젓가락이 가야 할지 몰라서 머뭇거린
    다는 뜻이다.
24. 임금이나 고관들의 상은 한 사람만을 위한 것이 아니라, 처음부터 여러 명
    이 먹을 것을 생각하고 많이 차려낸다. 그래서 첫사람이 적당히 먹고 물리
    면, 그 아래 사람이 받아 먹었다.

13.

싸늘한 대자리가 너무 차가워 꿈도 못 꾸고
비단 부채만 부치며 날아가는 반딧불을 쫓네.
장문궁은[25] 밤도 길어 달빛만 밝은데
서궁의 웃음소리가 바람결에 실려오네.

氷簟寒多夢不成. 手揮羅扇撲流螢.
長門永夜空明月, 風送西宮笑語聲.

14.

화려한 비단 장막에 붉은 비단보료
짙은 사향 내음이 은은히 몸에 스며드네.
내일은 꽃구경하려고 가마를 가져다 놓고는
깔개에다 발까지 한꺼번에 손질하네.

綵羅帷幕紫羅茵. 香麝霏微暗襲人.
明日賞花留玉輦, 地衣簾額一時新.

25. (한나라) 효무황제의 진황후가 당시 은총을 입다가 질투를 받아, 따로 장
    문궁에 있게 되었다. 시름과 번민 속에 슬피 지내다가 촉군 성도의 사마상
    여가 천하에서 가장 글을 잘 짓는다는 말을 듣고서, 황금 백근을 바치고 상
    여와 문군을 위해 술을 보내며, 슬픔과 시름을 풀어줄 글을 구하였다. 상여
    가 이 글을 지어 임금을 깨우치자, 진황후가 다시 은총을 입었다. -사마상
    여 「장문부(長門賦)」 서
    장문궁은 한나라 때에 황후가 머물던 궁전인데, 사랑을 잃은 왕후의 궁전이
    라는 뜻으로 많이 쓰였다.

15.

수전을[26] 손질하고 연꽃을 심으라 분부하셔
비단상자에 받들고 대궐을 나왔네.
채색 적삼 입고서 조서를 맞으려니
눈썹에는 아직도 졸던 자국이 짙구나.

看修水殿種芙蓉. 昇下羅函出九重.
試着綵衫迎詔語, 翠眉猶帶睡痕濃.

16.

향로에다[27] 물 부어 재를 적시니
시녀가 단장 마치고 경대를 덮네.
서원에는 요즘 임금님의 순행이 드물어
통소와 비파에 먼지가 쌓였네.

鴨爐初委水沈灰. 侍女休粧掩鏡臺.
西苑近來巡幸少, 玉簫金瑟半塵埃.

26. 물가에 있는 전각인데, 수각(水閣)이라고도 한다.
27. 압로(鴨爐)는 오리 모양의 향로이다.

17.

새로 간택된 궁녀가 임금님을 모시니
병풍을 둘러치고 합환의[28] 은총을 내리셨네.
날이 밝아 아감님이 어찌 되었냐 물으니
가슴에 찬 노리개 주머니를 웃으며 가리키네.

新擇宮人直御床. 錦屏初賜合歡香.
明朝阿監來相問, 笑指胸前小佩囊.

18.

금안장에 옥굴레 붉은 고삐 느슨히 잡고
서궁에서 타고 나와 미앙궁으로[29] 들어가네.
멀리서 남문을[30] 바라보니 치미선이[31] 비껴져
햇살이 비치자 곤룡포가 붉게 비치네.

金鞍玉勒紫遊韁. 跨出西宮入未央.
遙望午門開稚扇, 日華初上赭袍光.

---

28. 신랑과 신부가 함께 즐거움을 누리는 것인데, 혼례 때에 합환주를 마셨다.
29. 한나라 고조가 세운 궁전인데, 둘레가 28리나 될 정도로 웅장했다.
30. 음양오행설에서 오(午)는 남쪽이다.
31. 치선(稚扇)은 장끼의 꼬리로 만든 부채 치미선(稚尾扇)인데, 이 시에서는
    임금이 얼굴을 가리느라 들고 있었다.

19.

서궁은 요즘 정사가[32] 번잡해져
자주 소용을[33] 불러 대궐문을 열게 하네.
임금님 앞에서 촛불 받든 여관이
자미원에서[34] 물시계가 세 번이나 울렸다 아뢰네.

西宮近日萬機煩. 催喚昭容啓殿門.
爲報榻前持燭女, 漏聲三下紫薇垣.

32. 만기(萬機)는 많은 일인데, 임금의 정사를 가리킨다.
33. 소의(昭儀)는 한나라 원제가 만들고, 소용(昭容)은 효무제가 만들었으며,
    소화(昭華)는 위나라 명제가 만들었다. - 『남사(南史)』「후비전(后妃傳)」
    궁중에서 봉직하는 여관(女官) 가운데 품계(品階)가 있는 부인들을 내명부
    (內命婦)라고 한다. 궁녀 가운데 임금과 가까운 여인들에게는 빈(嬪, 정1품)
    ·귀인(貴人, 종1품)·소의(昭儀, 정2품)·숙의(淑儀, 종2품)·소용(昭容, 정3
    품)·숙용(淑容, 종3품)·소원(昭媛, 정4품)·숙원(淑媛, 종4품) 등의 품계를
    주었는데, 직무는 없었다. 정5품 상궁(尙宮)부터 종9품 주변궁(奏變宮)까지
    는 궁녀로서의 자기 직무가 있었다.
34. 북두(北斗)의 북쪽에 있는 별이 자미(紫薇)인데, 중국 천문학에서는 이곳에
    천제가 있다고 하였다. 자미성의 별자리를 임금의 자리로 삼아, 자미궁을 왕
    궁이라는 뜻으로도 썼다. 임금이 거처하는 궁궐을 자미원이라고도 한다.

20.

밤이 되자 내시가 책을 끼고 들어와
서산을[35] 빼서 놓고는 접었다 폈다 하네.
은근히 안쓰러워 연꽃 촛불 가지고
학사님 돌아갈 때에 상직방까지[36] 배웅하였네.

當夜中官抱御書. 玉籤抽付卷還舒.
慇懃護惜金蓮燭, 學士歸時送直廬.

35. 옥첨(玉籤)은 서산(書算)으로 쓰는 옥심지인데, 책을 읽을 때마다 그 숫자
   를 헤아리기 위해 접고 폈다.
36. 직려(直廬)나 상직방(上直房)은 숙직하는 집이다.

버들가지 노래

1.

안개를 머금은 파수[1] 언덕의 버들가지를
길 떠나는 님에게 해마다 꺾어 드리네.
헤어지는 쓰라림을 봄바람은 모르는지
늘어진 가지에 불어와 길바닥 먼지를 쓰네.

楊柳枝詞

楊柳含烟灞岸春. 年年攀折贈行人.
東風不解傷離別, 吹却低枝掃路塵.

2.

청루 서쪽 언덕에 버들꽃 흩어지자
아지랑이 낀 가지가 난간을 스치네.
어느 집 청년이 백마를 채찍질하며 와서
버드나무 그늘에다 붉은 고삐를 매나.

靑樓西畔絮飛楊. 烟鎖柔條拂檻長.
何處少年鞭白馬, 綠陰來繫紫遊韁.

---

* 첫째 수와 둘째 수가 『역대여자시집』에 명나라 성씨의 작품으로 실려 있다.
1. 장안을 흐르는 위수(渭水)의 지류이다. 장안 동쪽 강물 위에 있는 다리가 파
   교(灞橋)인데, 많은 시인들이 이 다리를 소재로 이별의 시를 지었다.

3.

파릉[2] 다리에서 위성[3] 서쪽까지
빗속에 잠긴 긴 둑이 안개 자욱하네.
버들가지에 말을 매었던 왕손은[4] 돌아오지를 않아
꽃다운 풀 푸르게 우거진 것만 같지 못하네.

灞陵橋畔渭城西. 雨鎖煙籠十里堤.
繫得王孫歸意切, 不同芳草綠萋萋.

2. 파수 가에 한나라 문제(文帝)의 능이 있다.
3. 위성은 옛날 진나라 효공이 도읍했던 함양인데, 한나라 때에 현을 설치하였
   다. 섬서성 동쪽에 있었다. 이곳에 위수(渭水)가 흘러 위성이라고 했는데, 뒷
   날 장안이 되었다 성문을 나서면 황야가 되므로, 사신으로 나가는 친지들과
   이곳에서 헤어지며 지어준 시들이 많다. 당나라 시인 왕유의 시 「송원이사
   안서시(送元二使安西詩)」
   위성의 아침 비가 티끌을 적시니
   객사의 버들이 더욱 푸르러졌네.
   그대에게 한잔 술을 다시 권하노니
   서쪽으로 양관을 나서면 아는 이가 없을 걸세.
   가 널리 알려진 뒤부터, 위성의 버들가지가 이별시의 소재로 많이 쓰였다.
   멀리 떠나는 연인이나 친구와 헤어지면서 버들가지를 꺾어 말채찍으로 선물
   하는 습관도 있었다. 양관은 감숙성 돈황현에 있던 만리장성의 관문이다.
4. 왕손은 노닐며 돌아오지 않는데
   봄풀은 무성하게 자랐네.
   王孫遊兮不歸, 春草生兮萋萋. ─『초사』 회남소산왕 「초은사(招隱士)」
   왕손은 왕의 자손이나 귀공자만이 아니라, 상대방을 높이는 말로 많이 썼
   다.

4.

버들가지는 가는 허리 같고 버들잎은 눈썹 같은데
바람이 두렵고 비가 싫어 낮게 드리웠네.
황금빛 고운 가지를 저마다 잡아당기는데
동풍까지 불어와 또 한 가지를 꺾네.

條妬纖腰葉妬眉. 怕風愁雨盡低垂.
黃金穗短人爭挽, 更被東風折一枝.

5.

안비영[5] 성안에는 봄이 한창이고
장아문[6] 밖 노란 버들가지[7] 더욱 새롭네.
밉기도 해라, 파수 다릿목의 버드나무는
맞을 줄도 모르고 배웅할 줄도 모르네.

按轡營中占一春. 藏鴉門外麴絲新.
生憎灞水橋頭樹, 不解迎人解送人.

5. 역마를 다스리는 관서이다.
6. 만리장성 성문 가운데 하나이다. 이 문밖 버드나무에 까마귀가 깃들어 살기
   때문에 장아문(藏鴉門)이라고 했다.
7. 국사(麴絲)는 누룩처럼 노란 버들가지를 가리킨다.

횡당 못가의 노래

1.

연밥과 가시가 커서 옷을 잡아끄는데
해 지는 물가에 조수는 빠지지 않네.
연잎으로 머리를 덮어 화관을 하고
연꽃으로 띠를 둘러 노리개 삼네.

橫塘曲

菱刺惹衣菱角大. 日落渚田潮未退.
蓮葉盖頭當花冠, 藕花結帶爲雜佩.

2.

연꽃 향기 시들고 비바람 잦은데
아리따운 아가씨들은 <죽지가>를 부르네.
돌아올 무렵 횡당 어구에 해는 저버려
안개 속에 노 젓는 소리만 삐걱거리네.

紅藕香殘風雨多. 吳姬爭唱竹枝歌.
歸來日落橫塘口, 烟裏蘭橈響軋鴉.

■
* 횡당은 강소성 양주(지금의 남경) 교외에 있는 둑이다. 오나라 때에 양주에
서 회음까지 회강(淮江) 어구에다 긴 둑을 쌓았다. 장간리(長干里)라는 환락
가가 이곳에 있어서, 남녀간의 사랑노래들이 많이 읊어졌다. 이러한 노래에
서 연밥을 따는 관습은 시집갈 나이의 처녀들이 짝을 찾는 암시로도 많이
쓰여졌다.

밤마다 부르는 노래

1.

애절한 쓰르라미 소리에 바람마저 스산한데
연꽃 향기 스러지고 흰 달만 높이 떴네.
아낙네는 가위를 손에 쥐고서
긴긴 밤에 등잔불 돋우며 군복을 꿰매네.

夜夜曲

蟋蛄切切風騷騷. 芙蓉香褪氷輪高.
佳人手把金錯刀, 挑燈永夜縫征袍.

2.

물시계 소리 나직하고 등잔불 깜박이는데
비단 휘장 써늘해지고 가을밤은 길구나.
변방에 보낼 옷 마르고 나니 가위도 차가운데
창에 가득한 파초 그림자만 바람 따라 흔들리네.

玉漏微微燈耿耿. 羅幃寒逼秋宵永.
邊衣裁罷剪刀冷, 滿窓風動芭蕉影.

유선사(遊仙詞)

1.

천년 고인 요지에서 목왕과[1] 헤어져
파랑새로[2] 하여금 유랑을[3] 찾게 하였네.
밝아오는 하늘에서 피리소리 들려오니
시녀들은 모두들 흰 봉황을 탔구나.

遊仙詞

千載瑤池別穆王. 暫敎靑鳥訪劉郎.
平明上界笙簫返, 侍女皆騎白鳳凰.

■

1. 주나라 소왕(昭王)의 아들인데, 성은 희(姬)이고, 이름은 만(滿)이다. 55년 동안 임금 자리에 있었다. 서쪽으로 견융(犬戎)을 치고, 동쪽으로는 서이(徐夷)를 정벌하여, 주나라를 굳건하게 하였다. 조부(造父)를 마부로 삼아 팔준마(八駿馬)를 타고 서쪽으로 신선을 찾아다니다가, 요지에서 서왕모(西王母)를 만났다고 한다. 서진(西晉) 무제 때인 태강 2년(B.C.281)에 부준이라는 사람이 위나라 금왕, 또는 양왕의 무덤이라고 전해지는 옛무덤을 도굴하다가 그를 주인공으로 한 소설 『목천자전(穆天子傳)』을 발견하면서, 목왕과 서왕모의 이야기가 세상에 널리 전해졌다.
2. 서왕모가 책상에 기대어 있는데, 머리꾸미개를 꽂고 있다. 그 남쪽에 파랑새 세 마리가 있는데, 서왕모를 위해서 음식을 날라 주었다. 곤륜허(昆侖虛)의 북쪽에 있다. ―『산해경(山海經)』「해내북경(海內北經)」
   청조(靑鳥)는 발이 셋 달린 새인데, 서왕모의 사자이다. 요지에 잔치가 열리면 파랑새가 다니면서 연락하였다. 그뒤부터는 사자(使者)를 청조(靑鳥)라고도 하였다.
3. 유씨 성의 사내라는 뜻인데, 이 시에서는 한나라 무제(武帝) 유철(劉徹)을 가리킨다. 신선을 좋아하여 칠석날 큰 잔치를 벌였는데, 서왕모의 시녀인 청조가 날아온 뒤에 서왕모가 찾아왔다고 한다. 서왕모가 무제에게 신선세계 이야기를 들려주었다.

2.

골짜기와 연못에 아홉 용이[4] 잠겨 있고
서늘한 오색 구름이 부용봉을[5] 물들이네.
난새 탄 동자를 따라 서쪽으로 오는 길에
꽃 앞에 선 적송자에게[6] 예를 올렸네.

瓊洞珠潭貯九龍. 彩雲寒濕碧芙蓉.
乘鸞使者西歸路, 立在花前禮赤松.

3.

맑은 이슬 함초롬하고 계수나무엔 달빛 밝은데
꽃 지는 하늘에선 퉁소 소리만 들려오네.
금호랑이 탄 동자는 옥황님께 조회 가느라
붉은 깃발 앞세우고 옥청궁으로[7] 올라가네.

露濕瑤空桂月明. 九天花落紫簫聲.
朝元使者騎金虎, 赤羽麾幢上玉淸.

4. 용은 새끼를 아홉 마리 낳는데, 각기 소임이 다르다고 한다.
5. 신선세계의 산인데, 봉우리 모양이 연꽃 같아서 부용봉이라고 한다.
6. 전설시대 신농씨(神農氏) 때에 비를 맡았던 신선인데, 곤륜산에 들어가서 수옥(水玉)을 먹고 신선이 되었다고 한다.
7. 옥황상제가 있는 삼청궁의 하나이다. 옥청·상청(上淸)·태청(太淸)을 삼청(三淸)이라고 한다.

4.

상서로운 바람이 불어와 푸른 치마를 휘날리며
난새 새긴 퉁소를 쥐고 오색 구름에 비껴 있네.
꽃 너머 동자는 백호를 채찍질하며
벽성에서 소모군을[8] 맞아들이네.

瑞風吹破翠霞裙. 手把鸞簫倚五雲.
花外玉童鞭白虎, 碧城邀取小茅君.

8. 한나라 함양 사람 모영(茅盈)이 18세에 항산(恒山)에 들어가 도를 닦고 신
   선이 되었다. 그의 아우 고(固)와 충(衷)도 모두 벼슬을 버리고 형을 따라
   신선이 되었다. 모영은 사명진군(司命眞君), 모고는 정록진군(定錄眞君), 모
   충은 보생진군(保生眞君)이 되었으니, 세상 사람들이 이들을 삼모군(三茅君)
   이라고 하였다. 소모군은 막내인 모충을 가리킨다.

5.

긴 밤에 향불 피우고 천단에 예를 올리는데
수레 깃발 바람에 펄럭이고 학창의는[9] 싸늘하네.
해맑은 풍경 소리 은은하고 달빛은 차가운데
계수나무 꽃의 이슬이 붉은 난새를 적시네.

焚香邀夜禮天壇. 羽駕翻風鶴氅寒.
清磬響沈星月冷, 桂花煙露濕紅鸞.

6.

서단에서 잔치 끝나자 북두칠성도 성글어지고
붉은 용은 남으로 학은 동으로 날아가네.
단청한 방의 선녀는 봄 졸음에 겨워
난간에 기댄 채로 날 밝도록 돌아가질 않네.

宴罷西壇星斗稀. 赤龍南去鶴東飛.
丹房玉女春眠重, 斜倚紅闌曉未歸.

9. 창의는 선비들이 입던 직령으로 된 포(袍)의 한 가지인데, 도포와 두루마기
   의 중간 형태이다. 창의에는 여러 가지가 있는데, 소매가 넓은 백색 창의에
   다 뒤 솔기가 갈라져 있으며, 깃·도련·수구 등 가를 검은 헝겊으로 넓게
   두른 것이 학창의이다. 예로부터 신선이 입던 옷이라고 전해졌는데, 사대부
   들이 평상시 옷으로 입었고, 덕망 높은 도사나 학자들이 입었다.

7.

하얀 집 구슬문은 봄 내내 닫혀 있고
지는 꽃 이슬이 비단 수건을 적시네.
동황님께선[10] 요즘 순행이 없으시어
요지의 오색 기린이 한가하기 그지없네.[11]

氷屋珠扉鎖一春. 落花烟露濕綸巾.
東皇近日無巡幸, 閑殺瑤池五色麟.

8.

한가롭게 푸른 주머니[12] 끌러 신선의 경전을[13] 읽는데
달빛은 이슬 바람에 흐릿해지고 계수나무 꽃도 성글어졌네.
서왕모의[14] 시녀는 봄이라 할 일이 없어
웃으며 비경에게[15] <보허사>를 불러달라고 하네.

閑解靑囊讀素書. 露風烟月桂花踈.
西婢小女春無事, 笑請飛瓊唱步虛.

---

10. 하늘의 신인데, 사당이 초나라 동쪽에 있어 동제(東帝), 또는 동황(東皇)이
　　라고 한다. 불을 맡은 신도 동황인데, 청제(靑帝)라고도 한다.
11. 쇄(殺)는 강세조사이다. 소쇄(笑殺)는 우스워 죽겠다, 수쇄(愁殺)는 시름겨
　　워 죽겠다, 한쇄(閑殺)는 한가해 죽겠다 등으로 번역할 수 있다.
12. 진(晉)나라 곽박(郭璞)이 곽공에게서 푸른 주머니를 받았는데, 천문·복서
　　(卜筮)·의술에 관한 책이 들어 있었다고 한다.
13. 황석공(黃石公)이 신선이 되기 위해서 수련하는 방법을 책으로 엮어서 장
　　자방(張子房)에게 주었는데, 비단에 썼으므로 소서(素書)라고 한다.

9.

계수나무 영롱하고 상서로운 안개가 뒤덮였는데
채찍 든 신선이 용을 타고 조회하러 가네.
붉은 구름이 길을 막아 찾아오는 사람도 없으니
꼬리 짧은 삽살개가[16] 풀밭에 주저앉아 조네.

瓊樹玲瓏壓瑞煙. 玉鞭龍駕去朝天.
紅雲塞路無人到, 短尾靈厖藉草眠.

10.

하늘엔 안개 끼고 학은 돌아오지 않네.
계수나무 꽃그늘 속에 구슬문도 닫혔네.
시냇가엔 하루 종일 신령스런 비가 내려
땅에 뒤덮힌 향그런 구름이 날아가질 못하네.

烟鎖瑤空鶴未歸. 桂花陰裏閉珠扉.
溪頭盡日神靈雨, 滿地香雲濕不飛.

14. 서해의 남쪽, 유사의 언저리, 적수의 뒷편, 흑수의 앞쪽에 큰 산이 있는데, 이름을 곤륜구(崑崙丘)라고 한다. 사람의 얼굴에 호랑이의 몸을 한 신(神)이 이곳에 사는데, 꼬리에 무늬가 있으며, 모두 희다. 산 아래에는 약수연(弱水淵)이 둘러싸고 있으며, 그 바깥에는 염화연이 있는데, 물건을 던지면 곧 타버린다. 어떤 사람이 머리꾸미개를 꽂고 호랑이 이빨에 표범의 꼬리를 하고 동굴에 사는데, 이름을 서왕모(西王母)라고 한다. 이 산에는 온갖 것이 다 있다. - 『산해경』 「대황서경(大荒西經)」
15. 허씨(許氏) 성을 지닌 서왕모의 시녀인데, 생황을 잘 불었다고 한다.
16. 원문의 "방(厖)"자는 "삽살개 방(㺆)", 또는 이와 통용되는 "방(尨)"자로 써야 한다.

11.

푸른 동산 붉은 집들이 맑은 하늘에 잠겼는데
학은 단약을 굽는 부엌에서[17] 졸고 밤은 아득하네.
늙은 신선이 새벽에 일어나 밝은 달을 부르자
바다 노을 자욱한 건너편에서 퉁소 소리 들리네.

靑苑紅堂鎖泬澋. 鶴眠丹竈夜迢迢.
仙翁曉起喚明月, 微隔海霞聞洞簫.

12.

날씨 싸늘하고 달빛도 차가운데 밤은 캄캄해져
웃으며 교비에게[18] 하직하니 옥비녀를 뽑아 주시네.
다시금 금채찍 잡아 돌아갈 길을 가리키자
벽성[19] 서쪽 언덕에 오색 구름 자욱하네.

香寒月冷夜沈沈. 笑別嬌妃脫玉簪.
更把金鞭指歸路, 碧城西畔五雲深.

---

17. 단조(丹竈)는 단사(丹砂)를 달여서 선약을 만드는 부엌이다.
18. 아리따운 왕비, 또는 여신이다.
19. 신선이 사는 푸른 아지랑이 집이다.

13.

동비(東妃)에게 새로 분부하사 술랑에게[20] 시집가라시니
붉은 난새와 해를 가린 수레가 부상으로[21] 향하네.
벽도화 앞에서 한 번 헤어진 지 삼천년이나[22] 되니
신선세상의 해와 달 긴 것이 도리어 한스러워라.

新詔東妃嫁述郞. 紫鸞烟盖向扶桑.
花前一別三千歲, 却恨仙家日月長.

20. (강원도) 영동의 여섯 호수는 거의 인간 세상에 있는 것 같지가 않다. 그
   런데 삼일포에는 호수 한가운데 사선정(四仙亭)이 있다. 바로 신라 때에 영
   랑(永郞)·술랑(述郞)·남석랑(南石郞)·안상랑(安詳郞)이 놀던 곳이다. 이
   네 사람이 벗이 되어 벼슬하지 않고 산수에서 놀았는데, 세상에서는 그들이
   도를 깨쳐 신선이 되어 갔다고 한다. 호수 남쪽 석벽에 붉은 글씨가 있는데,
   네 선인(仙人)이 이름을 쓴 것이다. - 이중환 『택리지(擇里志)』 「산수(山水)」
   술랑은 남자 신선의 이름인데, 우리 나라에도 와서 놀았다는 전설이 있다.
21. 동해에 있는 신령스런 나무인데, 해가 이 나무에서 솟아오른다고 한다. 그
   래서 동해를 부상이라고도 한다.
22. 신선세계의 벽도화는 삼천 년 만에 한 번 꽃이 피어 열매를 연다고 한다.

14.

한가롭게 자매를[23] 데리고 현도관에[24] 예를 올리니
삼신산 신선들이[25] 저마다 보자고 부르시네.
붉은 용을[26] 타고 벽도화 밑에 세운 뒤
자황궁 안에서 투호[27] 놀이를 구경하였네.

閑携姉妹禮玄都. 三洞眞人各見呼.
敎著赤龍花下立, 紫皇宮裏看投壺.

15.

별 그림자는 시냇가에 잠기고 달빛이 이슬에 젖었는데
손으로 치마끈 어루만지며 구슬 처마에 서 있네.
단릉의[28] 신선님 하직하고 돌아오려 하자
산호 한 꾸러미를 내려 주셨네.

星影沈溪月露沾. 手挼裙帶立瓊簷.
丹陵羽客辭歸去, 自下珊瑚一桁簾.

---

23. 일찍 죽은 난설헌의 두 자녀를 가리키는 듯하지만, 확실치는 않다.
24. 신선들의 거처인데, 백옥경 칠보산(七寶山)에 있다고 한다.
25. 삼동진인(三洞眞人)은 삼신산에 사는 신선이다.
26. 『삼국지』의 영웅 손권(孫權)이 탔던 큰 배의 이름이 적룡(赤龍)이고, 작은
    배는 치마(馳馬)였다. 적룡(赤龍)은 빠른 배를 가리키기도 한다.
27. 화살을 던져서 병에다 넣는 내기인데, 지는 사람이 벌주를 마신다. 우리나
    라에서도 여자들이 많이 하였다.
28. 신선이 사는 곳인데, 단구(丹丘)라고도 한다. 요임금이 이곳에서 태어났다
    고 한다.

16.

상서로운 이슬이 부슬부슬 내려 허공을 적시는데
푸른 종이에[29] 자황의 글을 몰래 베끼네.
동자가 잠에서 깨어나 주렴을 걷자
별과 달이 단에 가득해 꽃그림자 성글어라.

瑞露微微濕玉虛. 碧牋偸寫紫皇書.
靑童睡起捲珠箔, 星月滿壇花影踈.

17.

서한부인이[30] 혼자 사는 것을 한스럽게 여겨
상제께서 명령하여 허상서에게[31] 시집보냈네.
오색 적삼에 옥띠 두르고 아침 늦게 돌아오더니
웃으며 청룡을 타고 푸른 하늘로 올라가네.

西漢夫人恨獨居. 紫皇令嫁許尙書.
雲衫玉帶歸朝晩, 笑駕靑龍上碧虛.

29. 신선은 푸른 종이에 글을 쓴다. 신선에게 제사지내기 위해서 쓴 글도 청사
   (靑詞)라고 한다.
30. 서한(西漢)이나 천한(天漢)은 은하수이니, 서한부인은 직녀(織女)를 가리킨
   다.
31. 임금의 문서를 다루는 관청을 상서성(尙書省)이라 하고, 그 벼슬을 상서라
   고 하였는데, 당나라 때부터는 육부(六部)의 우두머리를 상서라고 하였다.
   우리나라의 판서 격이다. 이 시에서는 작은 오라버니를 가리킨 듯하다.

18.

한가롭게 요지에 살며 노을을 마시는데
바람이 불어와 벽도화 가지를 꺾네.
동황의 맏따님을 이따금 찾아뵙느라
주렴 앞에다 하루 종일 봉황 수레를 세워 두네.

閑住瑤池吸彩霞. 瑞風吹折碧桃花.
東皇長女時相訪, 盡日簾前卓鳳車.

19.

비취 옥잔에[32] 술을 가득 따라
달 밝은 꽃 아래서 동황비에게 권하네.
단릉공주님이여[33] 질투하지 마오
일만년이 지나도 서로 만나기 드무니.

滿酌瓊醪綠玉巵. 月明花下勸東妃.
丹陵公主休相妬, 一萬年來會面稀.

---

32. 치(巵)는 술잔인데, 4되 들이 술그릇도 치(巵)라고 한다.
33. 단릉은 요임금이 태어난 곳이다. 단릉공주는 요임금의 딸이니, 순임금에게
    시집간 아황과 여영을 가리키는 듯하다.

20.

시름겨워 푸른 무지개 치마를 입고
천단에 걸어 오르며 흰 구름을 쓸었네.
구슬나무 맺힌 이슬에 옷이 반쯤 젖은 채
달 속의 옥진군에게[34] 한가롭게 절을 올리네.

愁來自著翠霓裙. 步上天壇掃白雲.
琪樹露華衣半濕, 月中閑拜玉眞君.

21.

옥으로 머리 꾸미고 피리 부는 청룡을
옥황께서 타시고 단구로[35] 향하시네.
한가롭게 문에 기대어 인간 세상을 엿보니
한 점 가을 아지랑이로 천하를 알아보겠네.

雲角靑龍玉絡頭. 紫皇騎出向丹丘.
閑從璧戶窺人世, 一點秋烟辨九州.

34. 옥청(玉淸) 삼원궁(三元宮)에 사는 신선이다.
35. 신선이 사는 곳인데, 밤낮 밝아서 단구(丹丘)라고 한다.

22.

화관에 꽃배자 걸치고 아홉폭 무지개 치마 입으니
한 가락 피리 소리가 푸른 구름에 메아리치네.
용의 그림자와 말 울음소리에 창해의 밝은 달빛 비치는데
신선이 사는 십주로[36] 상양군을[37] 찾아가네.

花冠蘂帔九霞裙. 一曲笙歌響碧雲.
龍影馬嘶滄海月, 十洲閑訪上陽君.

23.

다락은 붉은 노을에 잠기고 땅에는 먼지 걷혔는데
양귀비의 눈물이 비단 수건을 적시네.
아름다운 하늘의 달은 은하수 그림자에 잠기고
추위에 놀란 앵무새는 밤에 사람을 부르네.

樓鎖彤霞地絶塵. 玉妃春淚濕羅巾.
瑤空月浸星河影, 鸚鵡驚寒夜喚人.

---

36. 한나라 무제가 서왕모에게서 (신선세계) 이야기를 들었다. 팔방(八方) 큰
    바다 가운데 조주(祖洲)·영주(瀛洲)·현주(懸洲)·염주(炎洲)·장주(長洲)·
    원주(元洲)·유주(流洲)·생주(生洲)·봉린주(鳳麟洲)·취굴주(聚窟洲)의 열 섬
    이 있는데, 사람의 자취가 끊어진 곳이라고 한다.-「해내십주기(海內十洲記)」
37. 천상(天上)의 양기(陽氣)를 상양(上陽)이라고 한다. 상양군은 천상의 신선
    이다.

24.

새로 진관에[38] 제수되어 옥황궁에 올라가니
옥황상제께서 친히 구령부를[39] 내리시네.
계수나무 궁전으로 돌아와 잠을 자려니
흰 학이 한가롭게 태을로[40] 앞에서 졸고 있네.

新拜眞官上玉都. 紫皇親授九靈符.
歸來桂樹宮中宿, 白鶴閑眠太乙爐.

25.

꽃구름이[41] 흩날리며 하늘 향해 올라갔다가
푸른 깃대 궁전으로 돌아오니 옥단이 비었네.
푸른 난새 한 마리가 서쪽으로 날아가자
이슬이 벽도화 적시고 달은 하늘에 가득하네.

烟飄盖飆向碧空. 翠幢歸殿玉壇空.
靑鸞一隻西飛去, 露壓桃花月滿空.

38. 벼슬 맡은 신선이다.
39. 구령은 도가의 관 이름이며, 구령부는 신선세계의 증표인 부적이다.
40. 태을(太乙)은 만물을 총괄하는 신, 즉 천제인데, 태일(太一)이라고도 한다.
   태을로는 선궁의 향로이다.
41. 연개(烟蓋)는 아지랑이 덮개, 즉 꽃구름을 가리킨다.

26.

광한전은[42] 옥으로 대들보 만들었는데
은촛대 금병풍에 밤이 참으로 길어라.
난간 밖 계수나무 꽃은 차가운 이슬에 젖고
붉은 퉁소 소리에 오색 구름 향기로워라.

廣寒宮殿玉爲梁. 銀燭金屏夜正長.
欄外桂花凉露濕, 紫簫聲裏五雲香.

27.

서둘러서 등륙을[43] 불러 하늘문 나오는데
바람과 용을 밟고 가려니 추위가 뼈에 스미네.
소매 속에 들었던 옥티끌 삼백 섬이
흩날리는 눈송이 되어 인간 세상에 떨어지네.

催呼滕六出天關. 脚踏風龍徹骨寒.
袖裏玉塵三百斛, 散爲飛雪落人間.

---

42. 달나라 백옥경에 있다는 옥황상제의 궁전인데, 광한궁이라고도 한다. 난설
    헌은 여덟 살 때에 「광한전 백옥루 상량문」을 지어, 일시에 이름이 널리 알
    려졌다.
43. 눈의 신이다.

28.

구슬 바다는 아득해 푸른 하늘에 잠겼는데
옥비께서 말씀도 없이 동풍에 몸을 실으시네.
봉래산 삼천리의 꿈을 깨고 났더니
소매 적신 울음 자국에 연지가 묻어났네.

瓊海漫漫浸碧空. 玉妃無語倚東風.
蓬萊夢覺三千里, 滿袖蹄痕一抹紅.

29.

복비가[44] 한가롭게 붉은 도포를 짓는데
흰 손으로 부지런히 가위질하네.
눈썹에는 졸린 흔적 배었고 꽃그림자 한낮인데
옥황께서 시동 보내 푸른 포도를 내리셨네.

宓妃閑製赤霜袍. 素手頻回玉剪刀.
眉鎖睡痕花影午, 紫皇令賜碧葡萄.

---

44. 상고시대 복희씨(伏羲氏)의 딸인데, 낙수에 빠져 죽어 물귀신이 되었다고
한다. 복씨(宓氏)는 복희씨의 후손이다.

30.

화표주[45] 신선이 어젯밤에 돌아왔는데
계수나무 꽃향기가 가벼운 옷자락에 가득하네.
한가롭게 학을 타고서 단 위로 돌아오니
해가 숲에 떠오르는데 아직도 이슬이 안 말랐네.

華表眞人昨夜歸. 桂香吹滿六銖衣.
閑回鶴馭瑤壇上, 日出瓊林露未晞.

---

45. 정령위(丁令威)가 신선이 되어 고향을 떠났다가 천년 뒤에 학을 타고 요동
    으로 돌아와 보니, 성곽과 사람들이 모두 바뀌어 있었다. 그래서 화표주(華
    表柱) 위에 앉아서 슬피 울며 노래 불렀다고 한다. 이 시에서 말하는 화표주
    신선은 정령위를 가리킨다.
    화표(華表)는 성문이나 큰길가에 세운 팻말인데, 백성들이 진정할 내용을 쓰
    면 수령이 들어주었다.

31.

금화산[46] 석실에[47] 사십 년 있노라니
늙은 형님이 검푸른 하늘로[48] 날 찾아왔네.
아지랑이 속에 사립 쓰고 달 아래서 피리 불던 인간세상 이
야기하다
웃으면서 시내 남쪽 백옥전을[49] 가리켰네.

管石金華四十年. 老兄相訪蔚藍天.
烟蓑月篴人間事, 笑指溪南白玉田.

46. 황초평(黃初平)이 정강성 금화산에서 양을 치다가 도사를 만났다. 석실에
    들어가 40년 동안 도를 닦아 신선이 되었다고 한다.
47. 관석(管石)은 텅 빈 석실(石室)이다. 황초평이 금화산에서 양을 치다가 신
    선이 되었는데, 40년 만에 형을 만나 인간세상 이야기를 나누었다. 적송자
    (赤松子)도 곤륜산 위에 이르러 서왕모의 석실 안에서 머물렀으며, 수정을
    먹고 신선이 되었다.
48. 울남(蔚藍)은 검푸른 하늘빛인데, 옥황상제가 있는 곳이 울람천(蔚藍天)이
    다.
49. 하늘나라 백옥경에 있는 밭이다.

32.

후령의 신선이[50] 푸른 옥쟁을 타면서
동쌍성에게[51] 기대어 한가롭게 꽃을 꺾네.
줄이 잘못되어 황금 기둥에 스치자
아득한 붉은 노을에서 웃음소리가 들리네.

縹嶺仙人碧玉箏. 折花閑倚董雙成.
瑤絃誤拂黃金柱, 遙隔彤霞聽笑聲.

33.

난새 타고 아홉겹 성을[52] 내려와
붉은 깃발과[53] 오색 깃발로 태청궁을 떠나네.
주나라 영왕의 태자를[54] 만나
벽도화 꽃 속에서 한밤중 생황을 부네.

乘鸞來下九重城. 絳節霓旌別太淸.
逢着周靈王太子, 碧桃花裏夜吹笙.

50. 주나라 영왕(靈王)의 태자인 왕자교(王子喬)가 후령이라는 고개에서 쟁을
    잘 타 신선이 되었으므로, 후령신선이라고 불렸다.
51. 서왕모의 시녀인데, 허비경(許飛瓊)·가릉화(賈陵華)·단안향(段安香)과 함
    께 신선이 되었다고 한다.
52. 궁성(宮城)은 문이 아홉 겹으로 되어 구중궁궐이라고 한다.
53. 절(節)은 임금이 사신에게 하사하는 깃발인데, 신임(信任)을 나타낸다.

34.

바닷가 붉은 뽕나무가[55] 몇 번이나 피었던가
깃옷에[56] 다 떨어져 잠간 돌아왔네.
구슬나무 세 그루가 동쪽 창가에 자랐는데
진황과[57] 헤어진 뒤에 심은 나무라네.

海畔紅桑幾度開. 羽衣零落暫歸來.
東窓玉樹三枝長, 知是眞皇別後栽.

54. 왕자교(王子喬)는 주나라 영왕의 태자 진(晉)이다. 생황을 잘 불어 봉황의 울음소리를 내었다. 이수(伊水)와 낙수(洛水) 사이에서 노닐었는데, 도사 부구공이 그를 데리고 숭고산으로 올라갔다. 30여년 뒤에 (사람들이) 산 위에서 그를 찾았는데, (왕자교가) 백량 앞에 나타나 말하길, "7월 7일에 구씨산 정상에서 나를 기다리라고 내 집에 알려 주게"라고 했다. 그날이 되자 (왕자교가) 과연 흰 학을 타고 산마루에 내려앉았다. (사람들은) 멀리서 그를 바라보았으며, 가까이 다가갈 수는 없었다. (왕자교는) 손을 들어 사람들과 이별하고 며칠 후에 떠났다. 나중에 구씨산 아래와 숭고산 정상에 (그를 위한) 사당을 세웠다. - 유향 『열선전(列仙傳)』
55. 동해에 있는 신목(神木)인데, 해가 그 나무에서 돋는다고 한다. 흔히 부상(扶桑)이라고 한다.
56. 우의(羽衣)는 신선이 입는 옷인데, 새의 깃으로 만들었다.
57. 천지의 조화를 맡아 주재하는 신인데, 진군(眞君)이라고도 한다.

35.

용과 봉황을 몰아서 타고 조회하러 올라가[58]
하늘로 들어가니 여덟 문이[59] 활짝 열렸네.
사관이[60] 옥황 앞에서 조서를 선포하는데
구화궁[61] 왕자에게 곤륜산을[62] 맡기신다네.

催龍促鳳上朝元. 路入瑤空敞八門.
仙史殿頭宣詔語, 九華王子主崑崙.

58. 조원(朝元)은 원군(元君)인 옥황상제를 뵙는 것이다. 당나라 때에 노자(老
   子)를 모시던 도관을 조원각(朝元閣)이라 했으니, 조원궁에 올라갔다고 볼
   수도 있다.
59. 하늘에 여덟 문이 있다고 한다.
60. 선사(仙史)는 선궁(仙宮)의 사관이다.
61. 하남성 임장현 서쪽에 있던 궁전 이름인데, 후조(後趙) 석호(石虎)가 지었
   다. 예전에 기물이나 궁전의 장식이 화려할 때에 "구화(九華)"라고 표현하였
   다. 구(九)는 많다는 뜻이다.
62. 중국 서북쪽 서장(西藏)에 있는 산인데, 옥의 산지로 유명하다. 신선이 산
   다고 한다.

36.

거울 속의 외로운 난새가[63] 상원부인을[64] 원망하고
봄 저무는데 구름 수레는 천문을[65] 하직하네.
벼슬 얻어간 낭군은 참으로 무정한 사람이라
푸른 소매에 눈물 자국만 풀 적셔서 돌아왔네.

粧鏡孤鸞怨上元. 雲車春暮下天門.
封郞人是無情者, 翠袖歸來積淚痕.

63. 난새는 짝이 있어야 운다. 짝을 잃어 울지 못하고, 원망하는 것이다.
64. 상원부인은 도군(道君)의 제자이다. 원봉 원년(B.C.80년) 7월 7일에 서왕
   모가 한나라 궁전에 내려왔는데, 시녀 곽밀향(郭密香)에게 명하여 상원부인
   을 맞이해 함께 잔치하였다. 선제(宣帝) 지절 4년(B.C.66년)에도 서왕모가
   또 (상원)부인과 더불어 구곡산(句曲山) 금단릉 화음천궁(華陰天宮)에서 모
   영(茅盈)에게 잔치를 베풀었다. 그러자 영사왕군(盈師王君)이 말하길, "(상
   원)부인은 삼천진황(三天眞皇)의 어머니이고, 상원(上元)의 높고 존귀한 분이
   며, 시방(十方) 옥녀(玉女)들의 명부를 통괄하시는 분입니다"라고 하였다.
   　- 「한무제내전(漢武帝內傳)」
65. 옥황상제가 거처하는 대궐의 문이다.

37.

청동이[66] 과부로 천년을 혼자 살다가
천수의[67] 신선과 좋은 인연을 맺었네.
하늘의 풍악소리가 추녀 밖에 울리자
북궁의 신녀가 발 앞까지 내려왔네.

靑童孀宿一千年. 天水仙郞結好緣.
空樂夜鳴簷外月, 北宮神女降簾前.

---

66. 선동(仙童), 또는 신선이다.
67. 은하수이다.

38.

하늘꽃 한 송이가 벼랑[68] 서쪽에 피었는데
길이 남교로[69] 들어서자 말이 우는구나.
옥공이 옥절구를 남겨 두어서
계향 그윽한 어스름 달밤에 선약을[70] 넣고서 찧네.

天花一朶錦屛西. 路入藍橋匹馬嘶.
珍重玉工留玉杵, 桂香烟月合刀圭.

68. 금병(錦屛)은 아름다운 벼랑이다.
69. 배항(裴航)은 당나라 장경(長慶 821-824) 연간에 급제했다. 악저(鄂渚)에
　　서 놀다가 배를 빌려서 돌아오는데, 경국지색(傾國之色)인 번부인(樊夫人)과
　　함께 탔다. 여종 요연(裊煙)을 주면서 시를 지어 전하자, 번부인이 시를 지
　　어 답하였다.
　　옥즙을 한 번 마시면 온갖 생각이 들리니
　　선약을 다 찧으면 운영을 보리라.
　　남교(藍橋)가 바로 신선 되는 길이니
　　어찌 힘들여 옥경으로 올라가야만 하랴.
　　一飮瓊漿百感生. 元霜擣盡見雲英.
　　藍橋便是神仙路, 何必崎嶇上玉京.
　　그 뒤에 배항이 남교역을 지나다가 길가 초가집에서 한 할미가 길쌈하는 것
　　을 보았다. 항이 목말라 물을 청했더니, 할미가 운영을 불러서 물 한 사발을
　　주어 마시게 했다. 항이 운영을 보니 얼굴 모습이 세상에 뛰어났다. 그 물을
　　마셨더니, 바로 옥즙이었다. 그래서 이 여자를 아내로 맞고 싶다고 말하자,
　　할미가 말했다. "어제 신선이 약 한 숟갈을 주면서, 반드시 옥절구에 빻으라
　　고 했소. 그대가 운영에게 장가들고 싶으면, 옥절구를 구해서 100일 동안
　　약을 빻으시오. 그러면 장가들 수가 있소." 항이 옥절구를 구해 빻고는, 드
　　디어 운영에게 장가들었다. 그제서야 번부인의 이름이 운교(雲翹)인데 운영
　　의 언니라는 것과, 유강(劉綱)의 아내라는 것을 알게 되었다. 그 뒤에 배항
　　부부는 함께 옥봉(玉峰)으로 들어가 단약을 먹고, 신선이 되어 사라졌다.
　　『상우록(尙友錄)』에 이들의 이야기가 실려 있다.

39.

동궁의 선녀들이 조회를 마치고 나오는데
꽃 아래서 만나 골짜기로 들어오네.
한가롭게 봉우리에 의지해 피리를[71] 불자
파란 구름이 일어나며 망천대를[72] 에워싸네.

東宮女伴罷朝回. 花下相邀入洞來.
閑倚玉峰吹鐵笛, 碧雲飛遶望天臺.

40.

구름 타고서 소유천으로[73] 돌아오자
새로 돋은 난초가 물가에서 자라네.
구슬 바구니에 꽃다운 열매를 따서 담느라
붉은 보자기로 싸다가 학 다룰 채찍을 잊었네.

烟盖歸來小有天. 紫芝初長水邊田.
瓊筐採得英英實, 遺却紅綃制鶴鞭.

70. 도규(刀圭)는 약숟가락인데, 이 시에서는 토끼가 계수나무 밑에서 절구를
　　 찧는다는 전설에 따라 선약을 가리킨다.
71. 철적(鐵笛)은 신선이 주고 갔다는 쇠피리이다.
72. 신선세계의 망대인데, 옥황상제를 바라보며 절하는 곳이다.
73. 신선이 사는 하늘이다.

41.

신선들을 이끌고 불로초밭으로[74] 건너가
잠시 연못으로 가서 연밥을 따게 하였네.[75]
지는 해가 꽃에 비끼자 구슬문이 닫겨
푸른 노을이 하늘에[76] 짙게 깔렸네.

群仙相引陟芝田. 暫向珠潭學採蓮.
斜日照花瓊戶閉, 碧烟深鎖大羅天.

42.

영롱한 꽃그림자가 바둑판을 덮었는데
한낮의 소나무 그늘에서 천천히 바둑을 두네.[77]
시냇가의 흰 용을[78] 내기해서 얻고는
석양에 그를 타고 천지(天池)를 향해서 가네.

玲瓏花影覆瑤碁. 日午松陰落子遲.
溪畔白龍新睹得, 夕陽騎出向天池.

74. 지전(芝田)은 영지(靈芝)밭인데, 신선세계의 지전은 불로장생의 약초밭이
   다.
75. 학(學)이나 교(敎)는 시키는 대로 하게 한다는 뜻이다. 인간 세상에서 연밥
   을 따는 것은 사랑을 암시하는 행위이기도 하다.
76. 도가에서 가장 높은 하늘을 대라천(大羅天)이라고 하는데, 신선이 사는 하
   늘이다
77. 낙자(落子)의 자(子)는 바둑알이니 바둑알을 내려 놓는다는 뜻이다.
78. 신룡(神龍)인데, 옥황상제의 사자이다.

43.

골짜기와 은하수가 안개에 덮였는데
신선은[79] 병이 깊어 조회에 가지 못했네.
<백운요>도[80] 다 읽고 푸른 난새도 날아가자
한낮인데도 붉은 용이 문 밖에서 졸고 있네.

珠洞銀溪鎖瑞烟. 大郎多病罷朝天.
雲謠讀盡靑鸞去, 日午紅龍戶外眠.

79. 남편 되는 신선이다.
80. 길일(吉日)인 갑자일에 (목)천자는 서왕모(西王母)에 손님으로 갔다. 흰 규
(圭)와 검은 벽(璧)을 가지고 서왕모를 만나, 꽃무늬 비단끈 200장과 비단끈
600장을 즐거이 바쳤다. 서왕모는 두 번 절하고 그것을 받았다. 을축일에
천자가 요지(瑤池) 가에서 서왕모에게 술을 대접했다. 서왕모가 천자를 위해
서 노래했다.
"흰 구름은 하늘에 떠 있고
산언덕은 절로 솟았네.
길은 아득히 먼데
산과 시냇물이 그 사이에 있네.
그대가 부디 죽지 말고
돌아오시길 바라네." -『목천자전』권3
주나라 목왕이 서왕모를 만나서 잔치를 벌였을 때에 서왕모가 불렀다는 노
래의 제목을 가사 첫 부분을 따서 <백운요(白雲謠)>라고 한다.

44.

고래 탄 한림학사가[81] 백옥경에 예를 올리니
서왕모 반겨하며 벽성에서 잔치 벌렸네.
무지개붓을 손에 쥐고 옥(玉)자를 쓰니
취한 얼굴이 마치 〈청평조〉[82] 바칠 때 같아라.

騎鯨學士禮瑤京. 王母相留宴碧城.
手展彩毫書玉字, 醉顔猶似進淸平.

---

81. 한림학사는 이백(李白)을 가리킨다. 이태백이 채석강에서 뱃놀이를 하다가
   술에 취해, 강에 비친 달을 잡으려다가 빠졌다는 전설이 있다. 그래서 고래
   를 타고 하늘에 올라가 신선이 되었다고 한다.
82. 당나라 현종이 침향정에서 양귀비와 함께 모란을 구경하며 즐기다가 이태
   백에게 명령하여 시를 짓게 하였는데, 그가 악부체 「청평조」 3수를 지어 올
   렸다.

45.

옥황께서 처음 백옥루를[83] 지으실 제
구슬계단 옥기둥에 오색 구름이 떠 있었지.
장길을 부르셔[84] 하늘의 전자를[85] 쓰게 해
구슬문 상인방에[86] 가장 높이 거셨지.

皇帝初修白玉樓. 璧階琁柱五雲浮.
閑呼長吉書天篆, 挂在瓊楣最上頭.

83. 백옥경 광한전에 있다는 다락이다. 난설헌이 여덟 살 때에 「광한전 백옥루
상량문」을 지어 일시에 유명해졌다. 그 뒤 아우 허균이 황해도 요산군수로
있던 시절에 당대의 명필 한석봉을 불러다 이 글을 쓰게 해, 목판본으로 널
리 퍼뜨렸다.
84. 당나라 시인 이하(李賀)의 자이다. 선시(仙詩)를 많이 지었으며, 헌종 때에
협률랑(協律郞) 벼슬을 했다. 어느날 낮에 붉은 옷 입은 사람이 나타났는데,
판(板) 하나를 가지고 왔다. 그 판에는 "옥황상제가 백옥루를 다 짓고, 그대
를 불러 기(記)를 짓게 하셨다"라고 쓰여 있었다. 그는 곧 죽었는데, 겨우
27세였다.
85. 진(秦)나라 이사(李斯)가 쓰기 시작했다는 고대의 서체인데, 구불구불해서
알아보기가 힘들다. 후대에도 비석 위의 큰 글씨는 대개 전자로 썼다.
86. 미(楣)는 문 위에 가로 댄 나무이다. 흔히 상인방이라고 한다.

46.

부용성 궁궐에 비단 구름 향기로운데
만경에게[87] 조서 내려 그림 그려진 집을 맡기셨네.
아침에 일천 선녀가 용을 타고 나가면
흰 난초 떨기 속에서 생황을 어울려 부네.

芙蓉城闕錦雲香. 別詔曼卿主畵堂.
朝日駕龍千騎女, 白蘭叢裏合笙篁.

47.

채소하에게 특별히 조서를 내려
여덟 가지 꽃벽돌 위에서 단사를[88] 만들게 하셨네.
향로에다 구슬 숯으로 수은을 만들어서
백옥 소반에 담아 궁궐로 향하네.

別詔眞人蔡小霞. 八花磚上合丹砂.
金爐璧炭成圓汞, 白玉盤盛向帝家.

---

87. 만경(曼卿)은 송나라 시인 석연년(石延年)의 자인데, 술을 몹시 좋아하여
   주선(酒仙)이라고 불렸다. 석만경(石曼卿)이 죽은 뒤에 신선이 되어 부용성
   을 맡았다고 한다.
88. 수은과 유황의 화합물인데, 검붉은 모래이다. 불로장생의 신선이 되는 약
   이다.

48.

선녀 가운데 가장 이름난 이는
서왕모를 열 번이나 모시고 선도를 먹었네.
손보다도 흰 붓을 한가롭게 들고서
월궁의 하얀 토끼털이라고[89] 자랑하네.

玉女群中價最高. 十陪王母喫仙桃.
閑持玉管白於手, 道是月宮霜兎毫.

49.

서쪽으로 가신 공자는 언제나 돌아오시려나
남악부인은[90] 머지않아 오신다네.
십주를[91] 돌아다니다 다 돌지 못하고
밤 늦게 피리 불며 학 타고 봉래산에 내려오네.

西歸公子幾時廻. 南岳夫人早晚來.
巡歷十洲猶未遍, 夜闌笙鶴降蓬萊.

89. 호(毫)는 붓끝의 털이다.
90. 남악인 형산(衡山)에 사는 선녀이다.
91. 서왕모가 한나라 무제에게 말해 주었다는 선경인데, 열 개의 섬으로 되어
   있다.

50.

어제 금고[92] 신선께서 편지를 보내 왔어요.
연못에 구슬꽃이 피었다고요.
답장을 몰래 써서 붉은 잉어에게 주었지요.
내일 밤 촉땅 다락에 오르자고 했지요.

琴高昨日寄書來. 報道瓊潭玉藥開.
偸寫尺牋憑赤鯉, 蜀中明夜約登臺.

---

92. 금고는 조(趙)나라 사람이다. 금(琴)을 잘 타서 송나라 강왕의 사인(舍人)
이 되었다. 연자(涓子)와 팽조(彭祖)의 법술을 행하여 200여 년 동안 기주와
탁군 사이를 떠돌아 다녔다. 그 뒤에 (사람들과) 헤어져 용 새끼를 잡으려고
탁수(涿水) 속으로 들어가면서 제자들에게 당부하길, "모두 목욕재계하고 물
가에서 기다리며 사당을 세우도록 하라"고 하였다. (그러더니 금고는) 과연
붉은 잉어를 타고 (강 속에서) 나와 사당 안에 앉았다. 아침이 되자 수많은
사람들이 그 모습을 보았다. (금고는) 한 달 남짓 머물다가 다시 강으로 들
어가더니 그만 사라졌다. - 유향『열선전』
금고는 주나라 말기의 사람인데, 거문고를 잘 탔다. 제자들에게 용 새끼를
잡아 오겠다고 약속한 뒤 탁수(涿水)에 들어갔는데, 과연 붉은 잉어를 타고
나왔다. 그래서 "금고"를 잉어의 뜻으로 쓰기도 한다. 잉어에는 편지라는 뜻
도 있다.

51.

붉은 대궐에서 부인이 옥황을 하직하고
통천의 자하방을[93] 굳게 닫았지요.
시냇가 복사꽃이 다 떨어졌으니
흐르는 물이 완랑을[94] 속일 뜻은 없었지요.

絳闕夫人別玉皇. 洞天深閉紫霞房.
桃花落盡溪頭樹, 流水無情賺阮郞.

93. 신선의 고장이다.
94. 유신(劉晨)과 완조(阮肇)는 섬현(剡縣) 사람이다. 영평(58년-75년) 연간에
천태산에 들어가 약을 캐다가 13일이 지나도록 돌아오지 못했다. 산 위에
있는 복숭아를 따서 먹고, 산을 내려오다가 잔으로 물을 떠 마셨다. 그 물에
나뭇잎이 떠내려 왔는데, 매우 깨끗했고, 참깨밥 한 그릇도 떠내려 왔다. 그
래서 두 사람이 말하길, "사람이 사는 곳에서 멀지 않구나"했다. 물을 건너
고 또 한 산을 지나가자 두 여인이 있었는데, 용모가 매우 아름다웠다. 유신
과 완조의 이름을 부르더니, "낭군들께서 어찌 이렇게도 늦게 오셨습니까?"
라고 물었다. 극진하게 대하며, 술 마시고 즐겼다. 반년을 머물다가 돌아가
겠다고 했는데, 집에 왔더니 자손이 벌써 7대나 되었다. 태강 8년(287년)에
두 사람의 자취가 다시 사라졌다. - 『소흥부지(昭興府志)』

52.

용을 타고 언제나 아홉 선녀와[95] 벗 삼아 노니
아침에 팔도를[96] 떠나 저녁까지 두루 돌아다니네.
밤이 깊어 강단에 비바람 멎자
작은 신선이 돌아가려고 푸른 용을[97] 채찍질하네.

乘龍長伴九眞遊. 八島朝行夕已周.
深夜講壇風雨定, 小仙歸去策靑虯.

---

95. 구진산(九眞山)은 호북성 한양현 서남쪽에 있는 산인데, 아홉 봉우리가 마
   주 바라보아서 "아홉 선녀가 이곳에서 단사(丹砂)를 만든다"는 전설이 있다.
   그래서 세상 사람들이 구진산(九眞山)이라고 했는데, 당나라 때에 선잠산(仙
   潛山)이라고 이름을 고쳤다. 원문의 구진(九眞)은 구진산(九眞山)인 동시에,
   구진산에 살고 있던 아홉 선녀를 가리킨다.
96. 신선이 사는 여덟 섬이다.
97. 용의 새끼인데, 뿔이 있는 것을 규(虯)라 하고, 뿔이 없는 것을 이(螭)라
   한다.

53.

부백이[98] 한가롭게 흰 사슴을 타고 노닐다가
꽃을 꺾어 가지고 오운루에[99] 오르네.
「단경」이[100] 책상에 가득하고 탕관에 약도 쌓였는데
무슨 일로 옥랑께선 서리가 머리에 가득하신가.

髣伯閑乘白鹿遊. 折花來上五雲樓.
丹經滿案藥堆鼎, 何事玉郎霜滿頭.

98. 한나라 명제(明帝) 때에 상서랑(尙書郎)인 하동의 왕교(王喬)가 엽현령(鄴
   縣令)이 되었다. 그는 신기한 술법을 부릴 줄 알아, 매월 삭일(朔日)마다 엽
   현에서 조정으로 보고하러 다녔다. 황제는 그가 자주 오면서도 타고 온 수
   레나 말이 보이지 않는 것을 이상히 여겨, 태사에게 명하여 몰래 살펴보도
   록 하였다. 그러자 태사가, "그가 궁중에 올 때마다 오리 두 마리가 동남쪽
   으로부터 날아온다"고 하였다. 그래서 몰래 엎드려 있다가 오리가 보이자
   그물을 쳐서 잡았는데, 신발 한 켤레뿐이었다. - 간보(干寶) 『수신기(搜神
   記)』
   왕교가 오리를 타고 다닌 수령이었으므로 부백(髣伯)이라고 불렸다.
99. 오색 영롱한 구름이 누각에서 이는데
   그 안에 아름다운 선녀들이 많이 있구나.
     樓閣玲瓏五雲紀, 其中婥約多仙子. - 백거이 「장한가(長恨歌)」
   오운루는 신선세계에 있다는 다락인데, 오색 찬란하다.
100. 회남왕(淮南王) 유안(劉安)은 한나라 고조의 손자인데, 도술을 좋아하였
   다. 그래서 팔공(八公)이 찾아와 『단경(丹經)』을 주었다. -『신선전』
   『단경(丹經)』은 연단(煉丹)의 방법을 기록한 신선의 책인데, 『잡신선단경(雜
   神仙丹經)』 10권, 『태극진인구전환단경(太極眞人九轉還丹經)』 1권, 『태산팔
   경신단경(太山八景神丹景)』 1권 등이 있다.

54.

붉은 난간 푸른 기와에 구슬로 섬돌 꾸미고도
푸른 이끼를 그대로 두어 신을[101] 적시네.
조회 끝나자 여러 신선들이 다투어 하례 올리고
안에서는[102] 새로이 팔하사를[103] 거느리네.

彤軒碧瓦飾瑤墀. 不遣靑苔染履綦.
朝罷列仙爭拜賀, 內家新領八霞司.

55.

바다의 찬바람이 구슬가지에 불어오는데
현포에서[104] 꽃구경하다 해가 저무네.
붉은 용에다 비단 휘장과[105] 황금 굴레
선녀가[106] 아니라면 탈 수 없겠지.

海上寒風吹玉枝. 日斜玄圃看花時.
紅龍錦襜黃金勒, 不是元君不得騎.

101. 이기(履綦)는 신을 감싸는 끈이다.
102. 내가(內家)는 대궐 안이다.
103. 팔방의 선계를 다스리는 관아(官衙)이다.
104. 곤륜산 위에 있다는 신선의 거처이다.
105. 첨(襜)은 수레에 치는 발이다.
106. 남자 신선을 진인(眞人)이라 하고, 여자 신선을 원군이라 한다.

56.

반도[107] 열리자 곤륜산에서 잔치를 베풀어
잔에 가득 술을 부어 상원부인께 권하네.
오색 난새 재촉하여 동쪽으로 바삐 가자
옥봉의 늙은 헌원씨가[108] 맞아들이네.

蟠桃結子宴崑崙. 滿酌瓊醪勸上元.
催喚彩鸞東去疾, 玉峰邀取老軒轅.

57.

발 아래 별빛이 드높게 반짝이는데
은하수[109] 그림자가 용의 수염을 적시네.
노을에 다다르자 웃으며 동방삭을[110] 불러
얼음 동산에 가서 복숭아를 따지 말라시네.

足下星光閃閃高. 月篩溪影濕龍毛.
臨霞笑喚東方朔, 休向氷園摘玉桃.

107. 삼천년에 한 번 꽃이 피고 열매가 열리는 선도 복숭아이다.
108. 중국 태고시대의 임금인 오제(五帝) 가운데 한 사람 황제(黃帝)이다.
109. 사(篩)는 "채"이다. 월사계(月篩溪)는 "달빛이 새는 시내"라는 뜻인데, 은하수를 가리킨다.
110. 동방삭은 평원군 염차현 사람이다. 오랫동안 오중(吳中)에 머물면서 서사(書師)로 수십년을 지냈다. 무제(武帝) 때에 상서하여 정책을 논함으로써 낭(郞)에 임명되었다. 소제(昭帝) 때에 이르러 당시 사람들 중에는 (동방삭을) 성인이라고 여기는 자도 있었고, 범인이라고 여기는 자도 있었다. 심원(深遠)하여 알기 어렵거나 천근(淺近)하여 알기 쉬운 행동을 하곤 했는데, 어떤

58.

얼음집에 봄이 오자 계수나무에도 꽃이 피는데
손수 봉황을 타고 붉은 노을 밖으로 나가네.
산 앞에서 안기생을[111] 만났는데
소매 속에 참외만한 대추를 가지고 왔네.

氷屋春回桂有花. 自駸孤鳳出彤霞.
山前逢着安期子, 袖裏携將棗似瓜.

때는 진담을 하기도 하고, 어떤 때는 농담을 하기도 하여, 그 진의를 알 수
가 없었다. 선제(宣帝) 초년에 이르러 낭의 관직을 버리고 어지러운 세상을
피하여 관사에 두건을 놓아 둔 채로 바람을 타고 홀연히 사라졌다. 나중에
회계에 나타나 오호(五湖)에서 약을 팔았다. 식자들은 동방삭을 목성(木星)
의 정령이 아닐까 하고 생각했다. - 유향『열선전』
　동방삭은 한나라 무제 때에 골계와 익살로 이름났던 학자인데, 서왕모의 복
숭아를 몰래 따먹고 불로장생하는 신선이 되었다고 한다. 그래서 '삼천갑자
동방삭'이라는 말이 생겼다.
111. 안기선생은 낭야군 부향 사람이다. 동해 가에서 약을 팔았는데, 당시 사
람들이 모두 그를 '천세 노인'이라고 불렀다. 진시황이 동쪽을 순행했을 때,
그에게 접견하기를 청하여 함께 사흘 밤낮을 이야기 나눈 뒤에, 수천만금이
나 되는 황금과 벽옥을 하사했다. 그러나 그는 부향정을 떠날 때에 (하사받
은 보물을) 모두 놓아두고 갔다. 또한 편지를 남겨 놓고 붉은 옥으로 만든
신발 한 켤레를 답례물로 드렸는데, (편지에는) "몇 년 뒤에 봉래산에서 나
를 찾으시오"라고 쓰여 있었다. 진시황은 곧 서불과 노생 등의 사신 수백
명을 파견하여 바다로 찾아 들어가도록 했지만, 봉래산에 이르기 전에 갑자
기 풍파를 만나 돌아오고 말았다. 부향정의 해변 십여 곳에 (그를 위한) 사
당을 세웠다고 한다. - 유향『열선전』
　안기생은 진나라 사람인데, 신선의 대추를 먹고 천년을 살았다고 한다.

59.

드넓은 구슬 바다에 달빛과 이슬이 퍼졌는데
일만 궁녀들이 푸른 난새를 탔네.
날이 밝자 요지 잔치로 날아가는데
한 가락 피리 소리에 푸른 하늘이 차가워지네.

瓊海茫茫月露漙. 十千宮女駕靑鸞.
平明去赴瑤池宴, 一曲笙歌碧落寒.

60.

구슬나무 우거진 잎새에 이슬이 짙은데
달빛이 발 사이로 방안에 드니 그림자 영롱해라.
한가롭게 흰 토끼에게 시켜 선약을 찧으니
천향의 붉은 옥가루가[112] 절구에 가득하구나.

瓊樹扶踈露氣濃. 月侵簾室影玲瓏.
閑催白兎擣靈藥, 滿臼天香玉屑紅.

112. 장생불사의 선약이다.

61.

푸른 종이에 쓴 글을[113] 옥황님께 아뢰고
사슴에게 숭산의 물을[114] 먹이려 숙경을 찾았네.
자미궁에서 잔치 끝나 학을 타고 오르니
하늘의[115] 노리개 소리가 달빛 속에 낭랑하네.

綠章朝奏十重城. 飲鹿嵩溪訪叔卿.
宴罷紫微人上鶴, 九天環佩月中聲.

113. 도사가 옥황상제에게 기도할 때에는 푸른 종이에 붉은 글씨로 쓴다.
그러한 글을 녹장(綠章), 또는 녹간(綠簡)이라고 한다.
114. 숭계(嵩溪)는 오악(五岳)의 하나로 가운데 있는 숭산의 시내이다.
115. 하늘에는 구야(九野)가 있고, 땅에는 구주(九州)가 있다. 아홉 하늘의 이
름도 책마다 달리 전하는데, 『회남자(淮南子)』「천문훈(天文訓)」에는 이렇게
기록하였다.
　"하늘에는 구야(九野)와 9,999개의 모퉁이가 있다. 땅으로부터 5억만 리나
떨어져 있는데, 오성(五星)・팔풍(八風)・이십팔수(二十八宿)・오관(五官)・
육부(六府)・자궁(紫宮)・태미(太微)・헌원(軒轅)・함지(咸池)・사수(四守)・
천아(天阿)가 있다.
　무엇을 구야(九野)라고 하는가? 한가운데 하늘을 균천(鈞天)이라 하는데, 그
곳에 있는 별은 각(角)・항(亢)・저(氐)이다. 동쪽에 있는 하늘을 창천(蒼天)
이라 하는데, 그곳에 있는 별은 방(房)・심(心)・미(尾)이다. 동북쪽에 있는
하늘을 변천(變天)이라 하는데, 그곳에 있는 별은 기(箕)・두(斗)・견우(牽
牛)이다. 북쪽에 있는 하늘을 현천(玄天)이라 하는데, 그곳에 있는 별은 수
녀(須女)・허(虛)・위(危)・영실(營室)이다. 서북쪽에 있는 하늘을 유천(幽天)
이라 하는데, 그곳에 있는 별은 동벽(東壁)・규(奎)・루(婁)이다. 서쪽에 있
는 하늘을 호천(昊天)이라 하는데, 그곳에 있는 별은 위(胃)・묘(昴)・필(畢)
이다. 서남쪽에 있는 하늘을 주천(朱天)이라 하는데, 그곳에 있는 별은 자휴
(觜嶲)・삼(參)・동정(東井)이다. 남쪽에 있는 하늘을 염천(炎天)이라 하는데,
그곳에 있는 별은 여귀(輿鬼)・류(柳)・칠성(七星)이다. 동남쪽에 있는 하늘
을 양천(陽天)이라 하는데, 그곳에 있는 별은 장(張)・익(翼)・진(軫)이다."

62.

이슬 받는 소반[116] 물속에 별 그림자가 잠겼고
기울어진 은하수가 백옥 병풍에 나직해지네.
학이 돌아오지 않아 신선도 자지 못하고
한 가닥 하얀 물방울만 뜨락에 떨어지네.

露盤花水浸三星. 斜漢初低白玉屛.
孤鶴未廻人不寐, 一條銀浪落珠庭.

63.

봉래산[117] 가는 길은 바다가 천 겹이어서
오백년 만에 한 번 건너갈 수가 있네.
꽃 아래서 경액주를[118] 사 마시고 싶으니
푸른 대를 푸른 용으로 변치 않게 하소서.

蓬萊歸路海千重. 五百年中一度逢.
花下爲沽瓊液酒, 莫敎靑竹化蒼龍.

---

116. 한나라 무제가 불로장생하기 위해서 이슬을 받았던 승로반(承露盤)이다.
　　옥가루를 이슬로 개어 선약을 만들었다.
117. 봉래·방장·영주의 삼신산이 발해(渤海) 가운데 있다고 한다. 여러 신선
　　과 불사약이 모두 그곳에 있고, 온갖 새와 짐승들도 모두 하얗다. 황금과 은
　　으로 궁궐을 지었는데, 도착하기 전에 멀리서 바라보면 마치 구름 같다. -
　　『산해경』「해내북경(海內北經)」
118. 구슬의 진액으로 빚은 술인데, 신선들이 마신다.

64.

푸른 사슴을 타고 봉래산으로 들어가니[119]
꽃 아래서 신선들이 얼굴을 펴고 웃네.
다투어 말하길, 그대는 우리 가운데 가려내기 쉽다네.
북두칠성 표지가 이마에 있다네.

身騎青鹿入蓬山. 花下仙人各破顏.
爭說衆中看易辨, 七星符在頂毛間.

65.

추녀 끝의 풍경도 고요하고 대궐문은 닫혔는데
돗자리에 바람 이니 다락이 서늘하네.
한밤중 외로운 학은 바다에 뜬 달 보고 놀라는데
퉁소 소리가 푸른 구름 속에 울려 퍼지네.

簷鈴無語閉珠宮. 紫閣凉生玉簟風.
孤鶴夜驚滄海月, 洞簫聲在綠雲中.

119. 신(身)은 난설헌 자신을 가리킨다.

66.

후토부인이[120] 백옥경 궁궐에 살아
한낮에 피리 불며 마고에게[121] 잔치를 베푸네.
위랑은 젊은데도 유난히 게을러서
얇은 비단에다 오악 모습을 그리다 말았네.

后土夫人住玉都. 日中笙笛宴麻姑.
韋郞年少心慵甚, 不寫輕綃五嶽圖.

120. 당나라 시대에 「후토부인전(后土夫人傳)」이라는 소설이 있었는데, 고병
    (高騈)이 말년에 신선에 미혹된 이야기를 기록하였다. 여용지(呂用之)·장수
    일(張守一)·제갈은(諸葛殷) 등이 모두 귀신을 부리고, 연단술을 써서 황금
    과 백은을 변화시킬 수 있다고 했는데, 그들이 이런 이야기를 했다.
    "후토부인 영우(靈佑)가 사람을 아무개에게 보내어 병마(兵馬)를 빌리고, 아
    울러 이전(李筌)이 지은 「태백음경(太白陰經)」을 빌렸다. 그런데 고병이 갑
    자기 두 고을로 내려와 백성들로 하여금 부들자리 1,000장에다 갑마(甲馬)
    의 모습을 그리게 하고는 불태워 버렸다. 또 오색 종이에다 도가의 경전을
    열 가지나 베끼게 하여 신(神) 옆에 두었다. 또 후토부인의 장막 안에다 푸
    른 옷 입은 젊은이의 모습을 흙으로 만들어 세웠는데, 그를 위랑(韋郞)이라
    고 하였다."
    당나라 때에 후토부인을 모신 사당이 많았는데, 양주(揚州)에 특히 많았다.
    부인의 모습을 흙으로 만들어 세웠다.
121. 한나라 환제 때의 신선이다. 모주(牟州) 동남쪽 고여산(姑餘山)에서 도를
    닦았는데, 선인(仙人) 왕방평(王方平)이 채경(蔡經)의 집에 내려와 마고를 불
    렀다. 나이가 18,9세였는데, 얼굴이 몹시 아름다운데다 손톱이 새 같았다.
    송나라 건화(建和) 연간에 진인(眞人)에 봉해졌다. 강서성 남성현 서남쪽 마
    고산 꼭대기에 단이 있는데, 마고가 도를 닦던 선단(仙壇)이라고 한다.

67.

한가롭게 농옥을[122] 따라 하늘 길을 걷는데
발 아래 향그런 티끌이 신에 묻지 않네.
앞에서 길잡이하는 서른여덟 마리 흰 기린들이
뿔 끝에 모두들 조그만 금패를 달았네.

閑隨弄玉步天街. 脚下香塵不染鞋.
前導白麟三十八, 角端都挂小金牌.

68.

자양궁[123] 궁녀가 단사를 받들고
서왕모의 명으로 무제의 집에 찾아갔네.
창 밑에서 우연히 동방삭을 만나 웃었는데
헤어진 뒤에 복숭아꽃이 여섯 번이나 피었다네.

122. 소사(蕭史)는 진나라 목공(穆公) 때 사람이다. 통소를 잘 불어 공작과 백
학을 뜰에 불러들일 수 있었다. 목공에게는 자를 농옥(弄玉)이라고 하는 딸
이 있었는데, 그녀가 그를 좋아하자 목공이 마침내 딸을 소사에게 시집보냈
다. (소사는) 날마다 농옥에게 (통소로) 봉황의 울음소리 내는 법을 가르쳤
다. 몇 년이 지난 뒤에 (농옥이) 봉황 소리와 비슷하게 (통소를) 불었더니,
봉황이 그 집 지붕에 날아와 머물렀다. 목공이 (그들에게) 봉대(鳳臺)를 지
어 주자, 부부는 그 위에 머물면서 몇 년 동안 내려오지 않았다. 그러다가
어느 날 봉황을 따라서 함께 날아가 버렸다. 그래서 진나라 사람들이 옹궁
(雍宮) 안에 봉녀사(鳳女祠)를 지었는데, 때때로 통소 소리가 들리곤 했다. -
유향『열선전』

175

紫陽宮女捧丹砂. 王母令過漢帝家.
窓下偶逢方朔笑, 別來琪樹六開花.

69.

한밤중 홀로 요지의 옥황님을[124] 그리워하는데
서른여섯 봉우리[125] 위에 달만 밝아라.
난새의 피리 소리도 끊어지고 푸른 하늘 고요한데
님은 옥청궁에 있어 잠 못 이루네.

獨夜瑤池憶上仙. 月明三十六峰前.
鸞笙響絶碧空靜, 人在玉淸眠不眠.

---

123. 신농씨가 약을 가려내던 곳이 함양산(咸陽山)에 있는데, 후세에 자양관
    (紫陽觀)을 지었다. 자양은 신선들이 즐겨 쓰던 칭호이다.
124. 세상에서 하늘로 올라간 신선에는 9품(品)이 있다. 제1은 상선(上仙), 제
    2는 차선(次仙), 제3은 태상진인(太上眞人), 제4는 비천진인(飛天眞人), 제5
    는 영선(靈仙), 제6은 진인(眞人), 제7은 영인(靈人), 제8은 비선(飛仙), 제9
    는 선인(仙人)이라고 부른다. 이 품차(品次)를 어기거나 넘어설 수 없다. -
    『용성집선록(墉城集仙錄)』
    상선(上仙)은 신선 가운데 우두머리인 옥황상제를 가리킨다.
125. 오악(五岳)의 하나인 숭산의 봉우리가 서른여섯이다.

70.

동황께서 심은 살구나무가 천년 자랐는데
가지 위의 꽃봉오리 셋이 푸른 아지랑이에 가렸네.
이따금 난새를 끌고 옛동산에 찾아가
꽃을 꺾어 가지고 옥황상제께 바치네.

東皇種杏一千年. 枝上三英蔽碧烟.
時控彩鸞過舊苑, 摘花持獻玉皇前.

71.

당창관[126] 안에 구슬꽃이 소담히 피어
신선이 봉황 타고 가다가 멈춰서 구경하네.
티끌은 난초[127] 옷에 묻고 봉래산은 멀기만 해서
채찍으로 멀리 바다 끝을 가리키네

唐昌館裏簇瓊花. 仙子來看駐鳳車.
塵染蕙衣蓬島遠, 玉鞭遙指海雲涯.

126. 당창관은 서안부(西安府) 안업방(安業坊)에 있었는데, 그 안에 옥예화(玉
蕊花)가 있었다. 명황(明皇 현종)의 딸인 당창공주가 심은 나무인데, 꽃이
필 때마다 (신선세계의) 구슬나무[瓊林瑤樹] 같았다. -『섬서통지(陝西通
志)』「당창관」
　당창관은 섬서성 장안현 남쪽에 있던 도관(道觀)인데, 당나라 때에 세워졌
다가 지금은 없어졌다.
127. 혜의(蕙衣)는 향그런 난초로 만든 옷인데, 신선들이 입었다.

72.

신선들이 아침에 푸른 사다리를 올라가자
계수나무 바위 맑은 햇살 속에서 흰 닭이 우네.
순양도사는[128] 어찌 이리도 늦으시는지
아마도 달나라에 후예의 아내를[129] 만나러 간 듯하네.

羽客朝升碧玉梯. 桂巖晴日白鷄啼.
純陽道士歸何晚, 定向蟾宮訪羿妻.

---

128. 당나라 도사 여동빈(呂洞賓)의 호가 순양자(純陽子)이다.
129. 유궁(有窮)의 후예(后羿)가 서왕모에게 불사약을 청하였다. 그런데 그의
    아내 항아(嫦娥)가 이를 훔쳐 가지고 달로 달아나 버렸다. 항아가 떠나면서
    무당 유황(有黃)에게 점을 쳤는데, 유황이 이렇게 점괘를 일러 주었다.
    "길하도다. 펄펄 나는 귀매(歸妹)로다. 장차 홀로 서쪽으로 가서 하늘 속의
    회망(晦芒, 어둠)을 만나리라. 두려워할 것도 없고, 놀랄 것도 없다. 뒤에 장
    차 크게 창성하리라."
    항아는 드디어 달에게 자기 몸을 맡겼다. 이것이 바로 섬저(蟾蠩), 즉 달 속
    의 두꺼비이다. - 간보 『수신기(搜神記)』
    "유궁후예(有窮后羿)"는 유궁씨의 임금인 예(羿)라는 뜻인데, 활을 잘 쏘는
    명수이다. 요임금 때에 해가 열 개나 나타나자, 그가 활을 쏘아서 아홉 개를
    없앴다고 한다. 『산해경』「해내경(海內經)」에 보면, "제준(帝俊)이 예(羿)에게
    붉은 활과 흰 주살을 하사하여 그것으로 하계를 도와주게 하자, 예가 비로
    소 하계의 온갖 어려움을 없애고 (인간을) 구해 주었다"고 한다. 그러나 활
    쏘기만 좋아하고 나라 일은 돌보지 않아, 가신(家臣) 한착(寒浞)에게 살해당
    했다.

73.

숲에 바람과 이슬이 고요한데
달이 선녀를 이끌고 돌다리에 오르네.
비스듬히 노을에 기대어 머리도 들지 않고
적성[130] 남쪽 언덕의 문소를 그리네.

玉林風露沈寥寥. 月引仙妃上石橋.
斜倚紫烟頭不擧, 赤城南畔憶文簫.

74.

사야선생이 적성의 문을 닫으니
봉황루도 푸른 숲에 잠겨 쓸쓸하고 고요하네.
향기 스러진 옥동의 허공을 거니노라니
이슬이 계수나무 꽃을 적시고 서늘한 달만 밝아라.

沙野先生閉赤城. 鳳樓凝碧悄無聲.
香消玉洞步虛夜, 露濕桂花凉月明.

---

130. 절강성 천태산 북쪽 6리에 있는 산인데, 흙빛이 붉다. 천태산에 오르려면
　　반드시 이곳을 거쳐야 한다.

75.

붉은 깃발이 새벽노을 속에서 나부끼는데
별전에서 목욕재계하고 오방의 신선을[131] 기다리네.
가을물 한 줄기 맑게 흐르고[132]
푸른 복숭아꽃이 자양궁에 가득 피었네.

朱幡絳節曉霞中. 別殿淸齋待五翁.
秋水一絃輕戞玉, 碧桃花滿紫陽宮.

76.

봄 한 철 한가롭게 옥진과[133] 놀았는데
어느새 세월이 흘러 벌써 가을이라네.
무제는 오지 않고 꽃도 다 져버려
하늘에는 노을이 깔리고 달이 다락에 다가오네.

一春閑伴玉眞遊. 倏忽星霜已報秋.
武帝不來花落盡, 滿天烟露月當樓.

131. 오옹(五翁)은 오방의 신선이다.
132. 경알옥(輕戞玉)은 옥이 가볍게 맞부딪치는 소리이다.
133. 정형(程逈)은 (정)이천(伊川)의 후손인데, 그 집 사람이 아름다운 부인을
    보았다. 키는 겨우 대여섯 치밖에 안되었는데, "나는 옥진낭자(玉眞娘子)다"
    라고 말했다. 그 집 사람들이 벽에다 조그만 감실을 만들어 그를 모시고 향
    불을 늘 받들었다. 좋고 나쁜 일들을 많이 예언했는데, 다 들어맞았다. -
    『규거지(睽車志)』
    일반적으로 신선을 옥진(玉眞)이라고 한다.

77.

붉은 누각에 은빛 구름다리가 하늘에 걸렸는데
밝은 달빛이[134] 구진산을[135] 한가롭게 비추네.
금패를 쌍기린 뿔에 걸고 가노라니
푸른 달빛이 싸늘하게 편지에 스며드네.

彤閣銀橋駕太虛. 劒光閑射九眞墟.
金牌掛向雙麟角, 碧月寒侵玉札書.

78.

붉은 촛불이[136] 휘황하게 하늘에서 지고
용트림한 섬돌의 옥화로 위로 해가 솟아오르네.
무앙궁의 난새와 봉황이 서왕모를[137] 따라와서
동황님 만년을 누리시라고 하례 올리네.

絳燭熒煌下九天. 日升螭陛玉爐烟.
無央鸞鳳隨金母, 來賀東皇一萬年.

---

134. 남악부인(南岳夫人)이 신선을 배워 칼에 의탁해 하늘로 올라갔다. 그래서
    달빛을 검광이라고도 한다.
135. 선녀들이 단약(丹藥)을 만들며 산다는 산이다.
136. 달을 가리킨다.
137. 금(金)은 오행으로 서쪽이기 때문에, 서왕모를 금모(金母)라고 하였다.

79.

오수산에[138] 구름 나직하고 해는 기우는데
수궁의 가을 물결이 주렴처럼 걷히네.
단풍 향기에 달빛과 학과 일년 지내는 꿈을 꾸는데
대궐문 앞의 악록화는[139] 애가 탄다네.

鰲岫雲低日欲斜. 水宮簾箔捲秋波.
楓香月鶴經年夢, 腸斷閶門萼綠華.

138. 큰 자라가 이고 있다는 신선세계의 산이다.
139. 악록화는 선녀이다. 진(晉)나라 목제(穆帝) 승평(升平) 3년(359년)에 양권
(羊權)의 집에 내려왔는데, "(내가) 도(道)를 행한 지가 벌써 900년이나 되
었다"고 했다. 양권에게 도술을 전해주고 시해약(尸解藥)을 전해준 뒤에 몸
을 감춰 사라졌는데, 호사자(好事者)들이 구의산의 선녀 악록화에 비하였다.
서울 양악(良嶽)에 악록화당(萼綠華堂)이 있는데, 그 아래에는 오로지 이 나
무(악록화)만 심었다. 인간 세상에는 이 나무가 많지 않다. -『영릉현지(零
陵縣志)』

80.

문창공자가[140] 하늘에 조회 오려고 하자
서왕모가[141] 웃으며 채찍을 달라고 하시네.
뜰 아래 오색 난새 서른여섯 마리가
푸른 날개를 벽지의[142] 연꽃과 마주하였네.

文昌公子欲朝天. 笑泥嬌妃索玉鞭.
庭下彩鸞三十六, 翠衣相對碧池蓮.

81.

별 관과 노을 노리개가 위의도 훌륭해
삼신산 선관들이 임금께 아뢰러 들어가네.
자주 채찍을 잡고 용의 뿔을 치며
서쪽 하늘에 오르는데 왜 이리 더디냐고 꾸짖네.

星冠霞佩好威儀. 三島仙官入奏時.
頻把金鞭打龍角, 爲嗔西去上天遲.

---

140. 문창제군(文昌帝君)은 황제(黃帝)의 아들인데, 여러 가지 기적을 나타냈으며, 인간의 녹적(祿籍)을 맡았다고 한다.
141. 교비(嬌妃)는 아름다운 왕비인데, 이 시에서는 서왕모를 뜻한다.
142. 신선세계인 벽성의 연못이다.

82.

말 여덟 마리가[143] 바람 타고 가서는 돌아오지 않으니
계수나무 가지와 황죽의 노래로[144] 요지를 원망하네.
곤륜산 뜰의 비파 소리가 구름 속에 메아리치며
꽃에 치어서 눈썹 그리기를 그만 두었다네.

八馬乘風去不歸. 桂枝黃竹怨瑤池.
昆庭玉瑟雲中響, 傳語凌華罷畵眉.

143. (목천자는) 궁중에서 기르던 팔준마(八駿馬)가 끄는 수레를 타고 가서, 강
    물이 나눠진 곳의 작은 섬 중간인 적석산 남쪽 물가에서 술을 마셨다. 천자
    의 훌륭한 말은 적기(赤驥)·도려(盜驪)·백의(白義)·유륜(踰輪)·산자(山
    子)·거황(渠黃)·화류(華騮)·녹이(綠耳)이다.『목천자전(穆天子傳)』권1
    주나라 목왕(穆王)이 팔준마를 타고 서쪽으로 여행하다가, 곤륜산에 올라가
    서왕모를 만났다고 한다.
144. (목천자가) 하루를 쉬었는데, 몹시 추운데다 북풍이 불어오고 비와 눈까
    지 내려, 얼어죽는 사람이 생겼다. 천자가 시 3장을 지어, 백성들을 애도하
    였다.
    나는 황죽으로 가서
    추위를 막으리라.
    임금은 구주(九州)의 길을 정리하니
    아! 나의 공경(公卿) 제후들이여.
    모든 관리와 높은 신하들이여.
    나의 백성들을 바로잡고
    항상 잊지 말라. -『목천자전』권5
    목왕이 황대(黃臺) 언덕에서 사냥하다가 큰 비가 내려 멈췄는데, 갑자기 추
    위가 닥쳐 많은 백성들이 얼어 죽었다. 이때 목왕이 애도하며 지은 노래가
    「황죽」인데, 후세 사람들이 그의 이름을 빌려서 지어 넣었다고도 한다. 위에
    서는 제1장만 인용하였다.

83.

느릅나무잎 떨어지고 은하수는 흐르는데
달빛에 구슬 같은 이슬이 가을을 견디지 못하네.
신령스런 다리에[145] 까치도 흩어져 소식 없기에
건너편에서 물 마시는 견우성만 부질없이 바라보네.

楡葉飄零碧漢流. 玉蟾珠露不勝秋.
靈橋鵲散無消息, 隔水空看飮渚牛.

84.

이슬에 회오리바람 불어 하늘나라에 가을이 되자
옥황님이 오운루에서 큰 잔치를 벌이시네.
〈예상우의곡〉[146] 한 곡조에 바람이 일어나니
신선의 향기가 흩어져 온 세상에 가득해지네.

珠露金颷上界秋. 紫皇高宴五雲樓.
霓裳一曲天風起, 吹散仙香滿十洲.

145. 칠석날마다 까치와 까마귀들이 은하수에 모여 견우와 직녀가 만날 수 있
   도록 놓아주는 다리를 가리킨다.
146. 당나라 현종이 꿈에 월궁(月宮)에서 노는데, 선녀들이 춤을 즐기면서 이
   노래를 불렀다고 한다. 그뒤에 양귀비와 사랑을 나눌 때에는 이 노래를 연
   주시켰다.

85.

난새 타고 한밤중 자미성에 들어가니
계수나무 달빛이 백옥경을 흔드네.
별들이 하늘에 가득하고 바람과 이슬 적은데
푸른 구름에서 때때로 경 읽는 소리만[147] 나네.

乘鸞夜入紫微城. 桂月光搖白玉京.
星斗滿空風露薄, 綠雲時下步虛聲.

86.

황금 끈을 풀어서 비단치마를 묶고는
열 폭 꽃편지지에[148] 푸른 구름을 물들이네.
천년 옥청궁 단 위에서의 약속을
웃으며 세 마리 새를[149] 시켜 양군에게[150] 부치네.

黃金條脫繫羅裙. 十幅花牋染碧雲.
千載玉淸壇上約, 笑憑三鳥寄羊君.

---

147. 보허성(步虛聲)은 〈보허사〉 소리, 또는 선경(仙經)을 읽는 소리이다.
148. 열 폭 치마를 가리킨다.
149. (서왕모의 사자인) 세 마리의 파랑새가 있는데, 붉은 머리에 검은 눈을
　　가지고 있다. 하나는 이름을 대려(大鷖)라 하고, 하나는 소려(少鷖)라 하며,
　　하나는 청조(靑鳥)라고 한다. -『산해경』「대황서경(大荒西經)」

87.

여섯 폭 비단치마를 노을에 끌면서
완랑을[151] 불러서 난초밭으로 올라가네.
피리 소리가 홀연히 꽃 사이에 스러지니
그 사이 인간세상에선 일만 년이 흘렀네.

六葉羅裙色曳烟. 阮郞相喚上芝田.
笙歌暫向花間盡, 便是人寰一萬年.

150. 수양공(脩羊公)은 위군 사람이다. 화음산 위의 석실 안에서 살았다. (허공
    에) 걸려 있는 돌 침상이 있었는데, 그 위에 누우면 돌이 모두 (폭신하게)
    들어갔다. 음식을 거의 먹지 않았으며, 때때로 황정(黃精)을 캐서 먹었다. 나
    중에 도술로써 경제(景帝)에게 (벼슬을) 구하자, 경제가 그를 예우하여 왕족
    의 저택에 머무르게 하였다. 몇 년이 지나도록 도술을 얻지 못하자, 경제가
    조서를 내려 물었다. "수양공은 어느 날에야 떠나려나?" (사자가) 전하는 말
    이 채 끝나기도 전에 (수양공이) 침상 위에서 흰 양으로 변했는데, 그 옆구
    리에 "수양공이 천자께 하직을 고합니다"라고 쓰여 있었다. 그 뒤에 돌 양
    을 영대 위에 모셨는데, 그 뒤에 그 양까지도 사라져, (양공이) 있는 곳을
    모르게 되었다. - 유향 『열선전』
      수양공을 양공(羊公), 또는 양군이라고 하였다.
151. 유신(劉晨)과 완조(阮肇)가 천태산에 들어가 약초를 캐다가 복숭아를 먹
    고 선녀를 만나 반년이나 머물다가 고향 집으로 돌아왔는데, 이미 7대나 지
    나 있었다고 한다. 『소흥부지(昭興府志)』에 실린 이 이야기는 「유선사」 51
    번 시의 주석에서 소개되었는데, 완조를 완랑(阮郞)이라고 하였다. 이 시에
    서는 난설헌이 신선세계에서 노닐며 「유선사」 87수를 짓는 동안, 인간 세상
    에서는 오랜 세월이 흘렀을 것이라는 뜻으로 썼다.

그밖의 시들

밤에 앉아서

상자에[1] 간직한 비단을 가위로 잘라내어
손을 호호 불어가며 겨울옷을 지었지요.
등잔 그림자 가에서 옥비녀 뽑아들고는
불똥을 발라내어 불나비를 구했지요.

夜坐

金刀剪出篋中羅. 裁就寒衣手屢呵.
斜拔玉釵燈影畔, 剔開紅焰救飛蛾.

■
1. 협(篋)은 옷을 넣어두는 네모난 상자이다.

규방에서 원망하다

1.

비단 띠 비단 치마에 눈물자국 겹쳤으니
해마다 봄풀을 보며 왕손을 원망해서랍니다.[1]
아쟁을[2] 끌어다 〈강남곡〉을 끝까지 타고나자
빗줄기가 배꽃을 쳐서 낮에도 문 닫았답니다.

閨怨

錦帶羅裙積淚痕. 一年芳草恨王孫.
瑤箏彈盡江南曲, 雨打梨花晝掩門.

■
1. 왕손은 가서 돌아오지 않고
  봄풀만 무성하게 자랐네.
  王孫遊兮不歸, 春草生兮萋萋. -『초사』회남소산왕(淮南小山王)「초은사(招隱
  士)」
  해마다 풀은 새로 돋아나건만, 한 번 떠나간 왕손은 돌아오지 않아 원망하
  는 것이다. 왕손은 귀공자를 가리키는데, 반드시 귀공자가 아니더라도 한 번
  떠났다가 돌아오지 않는 님을 가리키는 관용어로 많이 쓰였다.
2. 쟁(箏)은 비파의 일종인데, 원래 5현(絃)이었다. 진나라 몽염(蒙恬)이 12현
  으로 만들었으며, 당나라 때에 13현으로 고쳤다.

2.

가을 지난 다락에 옥병풍 쓸쓸하고
갈대밭에 서리 지자 저녁 기러기 내리네요.
거문고 다 타도록 님은 보이지 않고
들판 연못에는 연꽃만 떨어지네요.

月樓秋盡玉屛空. 霜打蘆洲下暮鴻.
瑤瑟一彈人不見, 藕花零落野塘中.

가을의 한

붉은 비단으로 가린 창에 등잔불 붉게 타는데
꿈 깨어보니 비단 이불이 절반 비어 있네요.
서리 차가운 새장에선 앵무새가 지저귀고
섬돌에는 오동잎이 서풍에 가득 떨어졌네요.

秋恨

絳紗遙隔夜燈紅. 夢覺羅衾一半空.
霜冷玉籠鸚鵡語, 滿階梧葉落西風.

부록

광한전 백옥루 상량문1

보배로운 일산(日傘)이 하늘에 드리워지니 구름수레가 색
상의 경계를 넘었고, 은빛 누각이 해에 비치니 노을 난간이
미혹된 티끌세상을2 벗어났다. 신선의 나팔이 기틀을 움직여
서 구슬기와 궁전을 짓고, 푸른 이무기가 안개를 불어서 구
슬나무 궁전을 지었다.3 청성장인(靑城丈人)은4 옥 휘장의 도
술은 다하고, 벼해앙지도5 금례짝의 묘방을 다 베풀었나. 이
는 하늘이 지은 것이지, 사람의 힘이 아니다.

(광한전) 주인의 이름은 신선 명부에 오르고, 벼슬도 신선
반열에 들어 있어서, 태청궁에서 용을 타고 아침에 봉래산을
떠나 저녁에 방장산에서 묵었다. 학을 타고 삼신산을 향할
때에는 왼쪽에 신선 부구(浮丘)를6 붙잡고, 오른쪽에 신선 홍
애(洪崖)를7 거느렸다. 천년 동안 현포(玄圃)에서8 살다가 꿈
속에 한 번 인간 티끌 세상에 늦었는데, 『황정경(黃庭經)』을9

---

1. 상량문은 대들보를 올릴 때에 축복하는 글인데, 사륙체(四六體)의 변려문(駢
   儷文)이다.
2. 호(壺)를 세상이라고 번역했는데, 원래는 "병"이라는 뜻이다. 한나라 때에
   비장방(費長房)이 약을 파는 호공(壺公)에게 이끌려 가게에 매달아 놓은 병
   속에 들어가 실컷 술을 마시고 나왔다고 한다. 그래서 술병 속의 세상을 호
   천(壺天)이라고 한다.
3. 광한전이다.
4. 선계에서 제오동천(第五洞天)의 신선을 청성장인이라고 한다.
5. 동해에 있다는 부상(扶桑)의 왕자이다.
6. 생황을 잘 불었던 신선인데, 천태산의 도사이다. 부구공(浮邱公)이라고도 한
   다.
7. 악박(樂拍)으로 이름난 신선이다. 곽박(郭璞)의 「유선시」에서도 왼쪽에 신선
   부구를, 오른쪽에는 신선 홍애를 노래하였다.
8. 옥황상제가 사는 선부(仙府)인데, 곤륜산에 있다고 한다.
9. 「황제내정경(黃帝內庭經)」과 「황제외정경」으로 나뉘어져 있는 도가의 경전

잘못 읽어 무앙궁에10 귀양왔다. 적승(赤繩) 노파가11 인연을 맺어주어, 다함이 있는 집에12 들어온 것을 뉘우쳤다.

병 속의 신령스러운 약을 잠시 현사(玄砂)에 내리자, 발 아래의 달이 문득 계수나무 궁전으로 몸을 숨겼다. 웃으면서 붉은 티끌과 붉은 해를 벗어나 자미궁의 붉은 노을을 거듭 헤치며, 난새와 봉황이 피리 부는 신령스러운 놀이의 옛모임을 즐겁게 계속하였다. 비단 장막과 은병풍에 홀로 자는 과부는 오늘 밤이 지나가는 것을 아쉬워하니, 어찌 일궁(日宮)의 은혜로운 명령을 월전(月殿)에까지 아뢰게 할 수 있으랴.

벼슬 맡은 무리들은 몹시 깨끗해서 그 발로 팔색 노을의 관청을 밟으며, 지위와 명망이 드높으니 그 이름이 오색 구름의 전각을 짓눌렀다. 옥도끼에서 차가운 기운이 나니, 계수나무 밑에서 오질(吳質)이13 잠들 수가 없었다. 「예상우의곡(霓裳羽衣曲)」을14 연주하자, 난간 가에 있던 소아(素娥)가

인데, 양생서(養生書)이다. 『당서』「예문지(藝文志)」에 "노자(老子) 『황정경』 1권"이라고 기록되어 있다. 신선이 잘못 읽으면 인간 세상으로 귀양온다고 한다.

10. 무앙(無央)은 도가의 언어로 끝이 없다는 뜻인데, 불가의 무량(無量)과 같이 쓰인다.

11. 부부의 인연을 맺어주는 신인(神人)인데, 월하노인(月下老人)이라고도 한다. 붉은 줄로 두 남녀의 발을 묶어주면 부부가 된다고 하였다.

12. 무앙궁이 "다함이 없는 궁"이란 뜻이므로, 대구를 이루기 위해서 "다함이 있는 집[有窮之室]"이라고 한 것이다.

13. 이름은 오강(吳剛)인데, 한나라 서하(西河) 사람이다. 신선을 배우다가 죄를 지어 달나라로 귀양 가서 계수나무를 찍는 벌을 받았다. 그러나 잠도 잘 수 없는데다, 아무리 도끼질을 해도 계수나무가 곧 아물어 책임을 다하지 못했다고 한다. 단성식(段成式)이 지은 『유양잡조(酉陽雜俎)』에 그 전설이 실려 있다.

"달나라 계수나무는 높이가 오백 길인데, 그 아래에서 한 사람이 언제나 나무를 깎고 있다. 그 사람의 이름은 오강인데, 서하 사람이다. (신선이 되는) 도를 배운 것이 지나쳐, (계수나무로) 귀양 보내 나무를 깎게 하였다."

14. 예상(霓裳)은 당나라 때에 월궁(月宮)의 음악을 본 따서 만든 음악인 「예상

춤을 추어 올렸다. 영롱한 노을빛 노리개와 노을빛 비단이
신선의 옷자락에서 떨쳐지고, 반짝이는 성관(星冠)은 별빛 구
슬로 머리꾸미개를15 꾸몄다.

여러 신선들이 모여들 것을 생각해보니, 상계에 거처하던
누각이 오히려 비좁게 느껴졌다.16 푸른 난새가 옥비(玉妃)의
수레를 끄는데 깃으로 만든 일산이 앞서고, 백호가 조회에
참석하는 사신을 태웠는데 황금 수실이 그 뒤의 먼지를 따랐
다. 유안(劉安)이17 경전을 옮겨 전하자 두 용이 책상 위에서

우의곡」인데, 이 글에서는 달나라의 음악을 가리킨다. 『당일서(唐逸書)』에 이
음악을 지은 유래가 실려 있다.
"나공원(羅公遠)이 비밀스런 기술을 많이 지녔는데, 한 번은 현종과 함께 월
궁(月宮)에 이르렀다. 선녀 수백 명이 모두 흰 비단으로 만든 예의(霓衣 무
지개옷)를 입고 넓은 뜨락에서 춤을 추었는데, 그 곡의 이름을 물었더니 <예
상우의곡>이라 하였다. 현종이 그 음조(音調)를 가만히 기억했다가 돌아와
서, 이튿날 악공들을 불러다 그 음조에 따라 <예상우의곡>을 짓게 하였다."
15. 정월 7일을 인일(人日)이라고 했는데, 비단을 끊어서 사람 모습을 만들거
나 금박(金薄)으로 인승(人勝)을 만들었다. 이것을 병풍에 붙이거나, 머리에
꽂았다. ─「형초세시기(荊楚歲時記)」
그해의 길흉을 점치는 1월 7일을 인일(人日)이라고 했는데, 이날 머리꾸미
개를 하사하는 습속이 있었다. 당나라 때에는 정월 7일을 인승절(人勝節)이
라고도 했다.
16. 광한전에 모여들 신선들을 생각하니, 이곳이 너무나 좁게 느껴졌다. 그래서
백옥루를 새로 지을 생각을 하게 된 것이다. 이 뒤부터는 광한전으로 모여드
는 신선들을 소개한 글이다.
17. 한나라 회남왕(淮南王 B.C.179~122)인데, 한나라 고조(高祖)인 유방의 손
자이다. 도가와 유가·법가(法家)를 망라한 잡가서(雜家書) 『회남자(淮南子)』
를 지었는데, 뒷날 모반을 꾀하다가 실패하여 자살하였다. 그의 전기는 『사
기』 제118권과 『한서』 제44권에 실려 있다. 『열선진』 교정본에 그가 신선이
되어 하늘로 올라간 이야기가 실려 있다.
"한나라 회남왕 유안은 신선술과 연금술을 기술하여 『홍보만필』 3권이라 하
고, 변화의 이치를 논했다. 그래서 여덟 신선이 회남왕을 찾아가 『단경(丹經)』
과 36수의 비방을 전수하였다. 세간에 전하기로는, 유안이 신선이 되어 떠날
때에 (먹다) 남은 선약(仙藥) 그릇을 뜰에 놓아두었는데, 닭과 개가 그것을
핥아 먹고 모두 날아서 올라갈 수 있었다고 한다."

태어나고, 희만(姬滿)이18 해를 쫓아가자19 팔방의 바람이 산비탈에 머물렀다.

새벽에 상원부인을 맞아들이자 푸른 머리는 세 갈래 쪽이 흩어졌고, 낮에 상제의 따님을 만났더니 황금 북[梭]으로 아홉 무늬 비단을 짜고 있었다. 요지(瑤池)의 여러 신선들은 남쪽 봉우리에 모였고, 백옥경의 여러 임금들은 북두칠성에 모였다.

당종(唐宗)은 공원(公遠)의20 지팡이를 밟아 우의(羽衣)를 삼장(三章)에서 얻었고, 수제(水帝)는21 화선(火仙)과 바둑을 두며 온 누리를 한 판에 걸었다. 붉은 누각이 높게 지어지지 않았더라면 어찌 편하게 붉은 깃발을 세우고 조회에 참례할 수 있었으랴.

이에 십주(十洲)에22 통문을 보내고 구해(九海)에 격문을 급히 보내어, 집 밑에 장인(匠人)의 별을 가두어 놓게 하였다.23 목성이 재목을 가려 쓰고 철산(鐵山)을 난간 사이에 눌러 놓으니, 황금의 정기가 빛을 내고 땅의 신령이 끌을 휘둘렀다. 노반(魯般)과 공수(工倕)에게서24 교묘한 계획을 얻어

---

18. 주나라 목왕(穆王)의 이름인데, 주나라 왕실의 성이 희씨(姬氏)였으므로 희만(姬滿)이라고 하였다. 주나라 소왕(昭王)의 아들인데, 55년 동안 임금으로 있으면서 태평성대를 누렸다. 서쪽으로는 견융(犬戎)을 치고, 동쪽으로는 서이(徐夷)를 정벌하였다. 후세에 지어진 『목천자전(穆天子傳)』에 의하면 조보(造父)를 마부로 삼아 팔준마(八駿馬)를 타고 서쪽으로 여행하면서 여러 나라를 거치며 이상한 동식물들을 구경하고, 서왕모와 인연을 맺었다고 한다.
19. 주나라 목왕이 해가 지는 서쪽으로 여행하였으므로 "해를 쫓아갔다"고 표현한 것이다.
20. 당나라 현종이 나공원과 함께 월궁(月宮)에 이르러 <예상우의곡>을 얻은 이야기는 주 14에 나온다.
21. 오신(五神)의 하나이다.
22. 서왕모가 한나라 무제에게 이야기해준 신선세계인데, 열 개의 섬이다.
23. 여기부터는 백옥루를 짓는 모습을 표현하였다.
24. 원문의 반수(般倕)는 이름난 장인(匠人)인 노반과 공수이다. 노반은 노나라

내어 큰 풀무와 용광로를 쓰고, 기이한 재주를 도가니에 부리기로 했다.

푸르고 붉은 꼬리를 드리우자 쌍무지개가 별자리의 강물을 들여 마시고, 붉은 무지개가 머리를 들자 여섯 마리 자라가 봉래섬을 머리에 이었다. 구슬 추녀는 햇빛에 빛나고, 붉은 누각이 아지랑이 속에 우뚝했다. 비단 창가에는 유성이 이어지고, 푸른 행랑을 구름 너머에 꾸몄다.

옥기와는 물고기 비늘같이 이어졌고, 구슬계단은 기러기같이 줄을 지었다. 미련(微連)이 깃대를 받드니 월절(月節)이 자욱한 안개 속에 내리고, 부백(鳧伯)이[25] 깃대를 세우자 난초 장막이 삼진(三辰)에 펼쳐졌다. 비단 창문의 수술을 황금 노끈으로 매듭짓고, 아로새긴 난간의 아름다운 누각을 구슬 그물로 보호하였다.

신선이 기둥에 있어 오색 봉황의 향기로운 누대에서는 기운이 불어나오고, 선녀가 창가에 있어 쌍 난새의 거울 갑에서는 향수가 넘쳐흐른다. 비취 발과 운모 병풍과 청옥 책상에는 상서로운 아지랑이가 서리고, 연꽃 휘장과 공작 부채와 백은 평상에는 대낮에도 상서로운 무지개가 둘러쌌다. 이에 봉황이 춤추는 잔치를 베풀고, 제비가 하례하는 정성을 펼치게 하였으며, 널리 백여 신령을 초대하고, 널리 천여 성인을

애공 때의 목공인데, 성을 쳐들어갈 때에 사용하는 구름사다리를 만들어 이름났다. 노반(魯班 · 魯盤), 또는 공수반(公輸班)이라고도 한다. 공수는 요임금 때의 뛰어난 장인이다.

25. 한나라 현종 때에 왕교(王喬)가 섭(葉)현령이 되었는데, 왕교는 신기한 기술이 있어 매달 삭망 때마다 조회에 참석하였다. 그가 자주 오는데도 수레가 보이지 않자, 황제가 몰래 태사를 시켜 그가 오는 것을 엿보게 하였다. 그랬더니 그가 동남쪽으로부터 한 쌍의 오리를 타고 오는 것이 보였다. 그러나 그가 온 뒤에 보니, 한 쌍의 신발만 있었다고 한다. 그 뒤로 왕교를 부백(鳧伯)이라고 하였다.

맞이하였다.26

　서왕모를27 북해에서 맞아들이자 얼룩무늬 기린이 꽃을 밟았고, 노자를 함곡관에서 영접하자 푸른 소가 풀밭에 누웠다.28 구슬 난간에는 비단무늬 장막을 펼쳤고, 보배로운 처마에는 노을빛 휘장이 나직하게 드리웠다. 꿀을 바치는 왕벌은 옥을 달이는 집에 어지럽게 날고, 과일을 머금은 안제(鴈帝)는29 구슬을 바치는 부엌에 드나들었다.

　쌍성의 나전(螺鈿) 피리와 안향(晏香)의 은쟁(銀箏)은 균천(鈞天)의30 우아한 곡조에31 맞추고, 완화(婉華)의 청아한 노

26. 백옥루 상량식에 많은 신선들이 초대되었다.
27. 중국 곤륜산에 살았다는 여신인데, 성은 양(楊), 또는 후(侯)이고, 이름은 회(回), 또는 완영(婉姈)이다. 『산해경』에는 사람 모습에 표범 꼬리와 호랑이 이빨을 하고, 풀어헤친 머리에 꾸미개를 꽂았으며, 노래를 잘 부른다고 했다. 그러나 『목천자전(穆天子傳)』에는 훨씬 인간화된 모습으로 그려져 있다. 주나라 목왕이 서쪽으로 여행하다가 요지 위에서 서왕모를 만나 선도(仙桃) 3개를 얻었다고 한다. 뒤에 한나라 무제가 장수를 기원하자, 그를 기특하게 여겨 선도 7개를 가지고 내려왔다는 전설도 있다.
28. 노자의 성은 이씨이고, 이름은 이(耳)이며, 자는 백양(伯陽)인데, 진나라 사람이다. 은나라 때에 태어나 주나라에서 주하사(柱下史) 벼슬을 하였다. 정기를 보양하기 좋아하여, (다른 사람으로부터 정기를) 받아들이고 내보내지 않는 것을 귀하게 여겼다. 수장사로 전임되어 80여년을 지냈는데, 『사기』에는 "200여년"이라고 되어 있다. 당시에는 은군자로 불렸으며, 시호는 담(聃)이라고 했다. 공자가 주나라에 이르러 노자를 만나보고는 그가 성인임을 알아, 곧 그를 스승으로 삼았다. 나중에 주나라의 덕이 쇠하자 푸른 소가 끄는 수레를 타고 떠나 대진국(大秦國)으로 들어가는 길에 서관(함곡관)을 지나게 되었는데, 관령(關令) 윤희(尹喜)가 기다렸다가 그를 맞이한 뒤에 진인(眞人)임을 알고는 글을 써 달라고 억지로 부탁하였다. 그래서 (노자가) 『도덕경』상·하 2권을 지었다. -유향 『열선전(列仙傳)』
29. 불가에서 부처의 별명을 안왕(雁王), 또는 아왕(鵝王)이라고도 한다.
30. 균천(鈞天)은 구천(九天)의 한가운데 있는 하늘인데, 상제(上帝)가 있는 곳이다.
31. 조나라 간자(簡子)가 병이 나서 인사불성이 되자, 대부들이 모두 크게 걱정하였다. 명의(名醫) 편작(扁鵲)이 진찰하고 나오자, 가신 동안우(董安于)가 병세를 물었다. 그러자 편작이 이렇게 말했다.

래와 비경(飛瓊)의 아름다운 춤은 하늘의 신령스런 소리에 얽혔다. 용머리 주전자로 봉황의 골수로 빚은 술을 따르고, 학의 등에 탄 신선은 기린의 육포 안주를 바쳤다. 구슬 돗자리와 옥방석의 빛은 아홉 갈래의 등불에 흔들리고, 푸른 연과 하얀 복숭아 소반에는 여덟 바다의 그림자가 담겼다. (이 모든 것이 다 갖춰졌지만) 구슬 상인방에 (상량문) 글이 없는 것만이 한스러웠다.

그래서 신선들에게 노래를 바치게 하였지만, 「청평조(淸平調)」를 지어 올렸던 이백(李白)은 술에 취해서 고래 등을 탄 지 오래이고,32 옥대(玉臺)에서 시를 짓던 이하(李賀)는33 사신(蛇神)이 너무 많아서 탈이었다. (백옥루) 새로운 궁전에 명(銘)을 새긴 것은 산현경(山玄卿)의 문장 솜씨인데, 상계에 구슬을 아로새길 채진인(蔡眞人)은 이미 세상을 떠났다.

"혈맥이 정상인데, 걱정할 게 뭐 있겠소? 이전에 진나라 목공도 이런 적이 있었는데, 7일 만에 깨어났소. 깨어나던 날 (대부) 공손지와 자여에게 '나는 상제가 사는 곳에 갔다'고 했소. (줄임) 지금 주군의 병세도 목공의 병세와 같으니, 사흘이 지나지 않아 병세가 반드시 호전될 것이오. 병세가 호전되면 틀림없이 할 말이 있을 것이오."

이틀 하고도 한나절이 지나자 간자가 깨어났는데, 대부들에게 이렇게 말했다. "나는 상제가 사는 곳에 갔었는데, 매우 즐거웠소. 여러 신들과 하늘 한가운데 노닐었고, 여러 악기로 웅장한 음악이 여러 차례 연주되는 것을 들었소." - 『사기』 권43 「조세가(趙世家)」

균천(鈞天)은 상제가 사는 하늘인데, 이곳에서 여러 가지 악기로 웅장하게 연주하는 음악을 「균천광악(鈞天廣樂)」이라고 한다.

32 이백이 채석강에서 배를 타고 술 마시다가, 달을 건지려고 몸을 기울이는 바람에 물에 빠져 죽었다는 전설이 있다. 그래서 고래를 타고 하늘에 올라갔다는 전설까지 생겼다. 그러나 실제로는 59세 되던 770년에 장개의 난을 피해서 형주로 갔다가, 현령이 보내준 술과 쇠고기를 먹고 죽었다고 한다. 날씨가 너무 더워서 고기가 상했기 때문에, 식중독에 걸렸던 것이다.

33. 장길(長吉)은 당나라 시인 이하의 자이다. 그의 시에는 여인과 사랑 이야기도 많지만, 죽음과 귀신 이야기도 많다. 아름다우면서도 을씨년스러운 분위기가 이따금 있는데, 그는 결국 27세에 요절했다.

(나는)34 스스로 삼생(三生)의 티끌 세상에 태어난 것이 부끄러운데, 어쩌다 잘못되어 구황(九皇)의35 서슬 푸른 소환장에 이름이 올랐다. 강랑(江郎)의36 재주가 다해서 꿈에 오색 찬란한 꽃이 시들었고, 양객(梁客)이37 시를 재촉하니 바리에 삼성(三聲)의 소리가 메아리쳤다. 붉은 붓대를 천천히 잡고 웃으며 붉은 종이를 펼치자, 강물이 내달리듯, 샘물이 솟아나듯 (상량문) 글이 지어졌다. 자안(子安)의38 이불을 덮을 필요도 없었다. 구절이 아름다운데다 문장도 굳세니, 이백의 얼굴을 대해도 부끄러울 것이 없었다.

그 자리에서 비단 주머니 속에 있던 신령스러운 글을 지어 올리고, (백옥루에) 두어서 선궁(仙宮)의 장관을 이루게 하였다. 쌍 대들보에 걸어 두고서 육위(六偉)의39 자료로 삼는다.

廣寒殿白玉樓上樑文

述夫, 寶盖懸空, 雲軿超色相之界, 銀樓耀日, 霞楹出迷塵之壺, 雖復仙螺運機, 幻作璧瓦之殿, 翠蜃吹霧, 噓成玉樹之宮. 靑城丈人, 玉帳之術斯殫, 碧海王子, 金櫝之方畢施, 自天作之, 非人力也.

主人名編瑤籍, 職綴瓊班, 乘龍太淸, 朝發蓬萊, 暮宿方丈, 駕鶴三島, 左挹浮丘, 右拍洪厓. 千年玄圃之棲遲, 一夢人間之塵

.34 난설헌 자신을 가리킨다. 자신은 신선이 아니라 인간인데도, 신선세계 백옥루의 상량문을 지어 달라고 초대받았다고 상상한 것이다.

35. 도가의 신선인 구황진인(九皇眞人)이다.

36. 양나라 천재 문장가인 강엄(江淹)인데, 말년에 재주가 다하자 더 이상 아름다운 글을 짓지 못했다고 한다.

37. 강엄이 양나라 사람이라서 양객(梁客)이라고 하였다.

38. 자안(子安)은 신선 황자안(黃子安)을 가리킨다. 한양에 황학루(黃鶴樓)가 있었는데, 진(晉)나라 신선 황자안이 이곳에서 황학을 타고 노닐었다.

39. 상량식을 마친 뒤에 떡을 던질 동서남북 상하 여섯 방향이 육위이다.

土, 黃庭誤讀, 謫下無央之宮, 赤繩結緣, 悔入有窮之室.

壺中靈藥, 纔下指於玄砂, 脚底銀蟾, 遽逃形於桂宇. 唉脫紅埃赤日, 重披紫府丹霞, 鸞笙鳳管之神遊, 喜續舊會, 錦幀銀屏之媚宿, 悔過今宵, 胡爲日宮之恩綸, 俾掌月殿之牋奏.

官曹淸切, 足踐八霞之司, 地望崇高, 名壓五雲之閣, 寒生玉斧, 樹下之吳質無眠. 樂奏霓裳, 欄邊之素娥呈舞, 玲瓏霞佩, 振霞錦於仙衣, 熠燿星冠, 點星珠於人勝.

仍思列仙之來會, 尙乏上界之樓居, 靑鸞引玉妃之車, 羽葆前路, 白虎駕朝元之使, 金綏後塵. 劉安轉經, 拔雙龍於案上, 姬滿返日, 駐八風於山阿.

宵迎上元, 綠髮散三角之髻, 畫接帝女, 金梭織九紋之綃, 瑤池衆眞會南峰, 玉京群帝集北斗. 唐宗踏公遠之杖, 得羽衣於三章, 水帝對火仙之碁, 賭寶宇於一局. 不有紅樓之高構, 何安絳節之來朝.

於是, 移章十洲, 馳檄九海, 囚匠星於屋底, 木宿掄材, 壓鐵山於楹間, 金精動色, 坤靈揮鑿, 騁巧思於般倕, 大冶鎔鑪, 運奇智於錘範. 靑椴垂尾, 雙虹飮星宿之河, 赤霓昂頭, 六鼇戴蓬萊之島. 璇題燭日, 出彤閣於烟中, 綺綴流星, 架翠廊於雲表.

魚緝鱗於玉瓦, 鴈列齒於瑤階, 微連捧旅, 下月箭於重霧, 梟伯樹蠢, 設蘭幄於三辰, 金繩結綺戶之流蘇, 珠網護雕欄之阿閣. 仙人在棟, 氣吹彩鳳之香臺, 玉女臨窓, 水溢雙鸞之鏡匣, 翡翠簾 · 雲母屛 · 靑玉案, 瑞靄宵凝, 芙蓉帳 · 孔雀扇 · 白銀床, 祥霓畫鎖, 爰設鳳儀之宴, 俾展燕賀之誠, 旁招百靈, 廣延千聖.

邀王母於北海, 斑麟踏花, 接老子於西關, 靑牛臥草. 瑤軒張錦紋之幕, 寶簹低霞色之帷, 獻蜜蜂王, 紛飛炊玉之室, 含果鴈帝, 出入薦瓊之廚. 雙成鈿管, 晏香銀箏, 合鈞天之雅曲, 婉華淸歌, 飛瓊巧舞, 雜駭空之靈音. 龍頭瀉鳳髓之醪, 鶴背捧麟脯之饌, 琳

筵玉席, 光搖九枝之燈, 碧藕氷桃, 盤盛八海之影, 獨恨瓊楣之乏
句.

　繁致上仙之興嗟, 淸平進詞, 太白醉鯨背之已久, 玉臺摛藻, 長
吉吟蛇神之太多. 新宮勒銘, 山玄卿之雕琢, 上界鐫璧, 蔡眞人之
寂寥.

　自慙三生之墮塵, 誤登九皇之辟劍. 江郞才盡, 夢退五色之花,
梁客詩催, 鉢徹三聲之響, 徐援彤管, 吹展紅牋, 河懸泉湧, 不必
覆子安之瓮. 句麗文遒, 未應類謫仙之面.

　立進錦囊之神語, 留作瑤宮之盛觀, 置諸雙樑, 資於六偉.

들보 동쪽으로 떡을 던지네.40
새벽에 봉황을 타고 요궁(瑤宮)에 들어갔더니
날이 밝으면서 해가 부상(扶桑) 밑에서 솟아올라
붉은 노을 일만 올이 바다를 붉게 비추네.
抛梁東. 曉騎仙鳳入珠宮, 平明日出扶桑底, 萬縷丹霞射海紅.

들보 남쪽으로 떡을 던지네.
옥룡이 아무 일 없어 연못물이나 마시니
은평상 꽃그늘에서 낮잠을 자다 일어나
웃으며 요희(瑤姬)를 불러 푸른 적삼을 벗기게 하네.
抛梁南. 玉龍無事飮珠潭, 銀床睡起花陰午, 吹喚瑤姬脫碧衫.

---

40. 상량문은 우두머리 목수가 들보를 올리면서 송축하는 글이다. 세속에서 집
　을 지을 때에 반드시 길일을 택하여 들보를 올리는데, 친한 손님들이 떡을
　싸가지고 와서 다른 음식들과 함께 축하하였고, 이 음식들로 장인(匠人)들을
　먹였다. 이때에 장인의 우두머리가 떡을 들보에 던지면서 이 글을 외어 축하
　하였다. - 『문체명변(文體明辨)』
　동서남북 순서로 떡을 던졌는데, 사방의 지신(地神)들에게 제사를 지내는 것
　이다.

들보 서쪽으로 떡을 던지네.
푸른 꽃에 이슬이 떨어지고 오색 난새가 우는데
옥자(玉字)를 수놓은 비단옷41 입고 서왕모를 맞아
학을 타고 돌아가니 날이 이미 저물었네.
抛梁西. 碧花零露彩鸞啼, 春羅玉字邀王母, 鶴馭催歸日已低.

들보 북쪽으로 떡을 던지네.
북해가 아득해서 북극성이 잠기고
붕새의 깃이 하늘을 치니 그 바람에 물이 치솟네.
구만리 하늘에 구름이 드리워 비 기운이 어둑하네.
抛梁北. 溟海茫洋浸斗極, 鵬翼擊天風力掀, 九霄雲垂雨氣黑.

들보 위쪽으로 떡을 던지네.
새벽빛이 희미하게 비단 장막을 밝히고
신선의 꿈이 백옥 평상에 처음으로 감도는데
북두칠성의 국자 돌아가는42 소리를 누워서 듣네.
抛梁上. 曙色微明雲錦帳, 仙夢初回白玉床, 臥聞北斗廻杓響.

들보 아래쪽으로 떡을 던지네.
팔방에 구름이 어두워 날 저문 것을 알고
시녀들이 수정궁이43 춥다고 아뢰네.
새벽 서리가 벌써 원앙 기와에 맺혔네.
抛梁下. 八垓雲黑知昏夜, 侍兒報道水晶寒, 曉霜已結鴛鴦瓦.

---

41. 춘라(春羅)는 봄에 짠 비단이다.
42. 새벽이 되면 지구가 움직이면서 북두칠성의 국자가 돌아간다.
43. 광한전에 있다는 궁전인데, 수정으로 지었다고 한다.

엎드려 바라오니, 이 대들보를 올린 뒤에 계수나무 꽃은 시들지 말고, 아름다운 풀도 사철 꽃다워지이다. 해가 펴져 (달이) 빛을 잃어도 난새 수레를 어거하여 더욱 즐거움 누리시고, 땅과 바다의 빛이 바뀌어도 회오리 수레를 타고 더욱 길이 사소서. 은빛 창문이 노을을 누르면 아래로 구만리 미미한 (인간) 세계를 내려다보시고, 구슬문이 바다에 다다르면 삼천년 동안 맑고 맑은 뽕나무밭을44 웃으며 바라보소서. 손으로 세 하늘의45 해와 별을 돌리시고, 몸으로 구천세계의 바람과 이슬 속에 노니소서.

伏願上樑之後, 琪花不老, 瑤草長春. 曦舒凋光, 御鸞輿而猶戲, 陸海變色, 駕飆輪而尙存, 銀窓壓霞, 下視九萬里, 依微世界, 璧戶臨海, 咉看三千年淸淺桑田, 手回三霄日星, 身遊九天風露.

---

44. 동해에 있다는 삼신산의 상원(桑園)이다.
45. 삼소(三霄)는 신선이 산다는 삼청(三淸), 즉 옥청(玉淸)·상청(上淸)·태청(太淸)을 가리킨다.

한스러운 마음을 읊다

봄바람이 화창해 온갖 꽃이 피어나고
철 따라 만물이 잘되니 감회가 새롭네.
깊은 규방에 묻혀서 그리움을 끊으려 해도
그대가 생각나니 심장이 터질 듯하네.
한밤이 이슥토록 잠 못 이루더니
새벽닭 울음소리가 꼬끼오 들리네.
비단 휘장이 빈 방에 쳐시고
옥계단에는 이끼가 돋았는데,
깜박이던 등불도 꺼져 벽을 기대고 앉았노라니
비단 이불이 어설퍼 추위가 밑으로 파고드네.
베틀 소리를 내며 회문금을[1] 짜보지만
무늬는 이뤄지지 않고 마음만 어지럽구나.
인생 운명을 타고난 것이 너무나 차이가 있어
남들은 마음껏 즐기지만 이 내 몸은 적막하구나.

---

1. 회문시(回文詩)는 제나라와 양나라에서 시작되었는데, 대개 문자의 유희이
   다. 옛날 두도(竇滔)의 아내 소혜(蘇惠)가 (회문시를 넣어서) 비단을 짠 뒤에
   도 그 법이 그대로 남아 있어, 송나라 삼현(三賢)이 또한 모두 (회문시에) 뛰
   어났다. 회문시는 바로 읽어도 (그 뜻이) 순조롭고 쉬우며, 거꾸로 읽어도 빡
   빡하거나 껄끄러운 느낌이 없이 말과 뜻이 모두 묘해야만 좋은 시라고 말할
   수 있다. - 이인로『파한집』
   이인로가 말한 소혜의 직금(織錦)이란 본래 이름이 「회문선기도직금(回文璇
   璣圖織錦)」인데, 하늘의 별자리 모양인 선기도안(璇璣圖案) 위에 가로세로
   각기 29자씩 841자를 바둑판처럼 수놓은 것이다. 이 841자로 수놓은 시를
   돌려 읽거나 가로세로로 읽거나 대각선으로 읽거나 건너뛰어 읽는 등 여러
   가지 방법으로 읽어보면 무려 200여수의 시를 읽어낼 수 있다. 이렇게 시
   짓는 회문(回文)의 방법이 비단을 짜는 것과 어울린 까닭은 남편을 멀리 떠
   나보낸 아내가 비단에다 한 글자씩 수놓아서 편지 대신에 부쳤던 관습이 중
   국에 있었기 때문이다.

恨情一疊

春風和兮百花開. 節物繁兮萬感來.
處深閨兮思欲絶. 懷伊人兮心腸裂.
夜耿耿而不寐兮, 聽晨鷄之喈喈.
羅帷兮垂堂, 玉階兮生苔.
殘燈翳而背壁兮, 錦衾悄而寒侵下.
鳴機兮織回文, 文不成兮亂愁心.
人生賦命兮有厚薄, 任他歡娛兮身寂寞.

꿈에 광상산에 노닐며 지은 시와 그 서문

　을유년(1585) 봄에 나는 상을 당해 외삼촌댁에 묵고 있었다. 하루는 꿈속에서 바다 가운데 있는 산에 올랐는데, 산이 온통 구슬과 옥으로 만들어졌다. 많은 봉우리들이 겹겹이 둘렸는데, 흰 구슬과 푸른 구슬이 반짝였다. 눈이 부셔서 똑바로 바라볼 수가 없었다.

　무지개 같은 구름이 그 위에 서려 오색이 영롱했다. 구슬 같은 폭포 두어 줄기가 벼랑의 바윗돌 사이로 쏟아져 내렸다. 서로 부딪치면서 옥을 굴리는 소리가 났다.

　그때 두 여인이 나타났다. 나이는 스물쯤 되어 보이고, 얼굴도 세상에 뛰어났다. 한 사람은 붉은 노을옷을 입었고, 한 사람은 푸른 무지개옷을 입었다. 손에는 금빛 호로병을 차고, 나막신을 신었다. 사뿐사뿐 걸어와서, 나에게 읍하였다.

　흐르는 시냇물을 따라 올라갔더니, 기이한 풀과 이상한 꽃이 여기저기 피어 있었다. 무어라 표현할 수가 없었다. 난새와 학과 공작과 물총새들이 좌우로 날면서 춤추었다. 온갖 향내가 나무 끝에서 풍겨나 향그러웠다.

　드디어 꼭대기에 올라가 보니, 동쪽과 남쪽은 큰 바다와 하늘이 맞닿아 온통 파랬다. 그 위로 붉은 해가 솟아오르니, 해가 파도에 목욕하는 듯했다. 봉우리 위에는 큰 연못이 맑았고, 연꽃 빛도 파랬다. 그 잎사귀가 커다랬는데, 서리를 맞아 반쯤은 시들어 있었다.

　두 여인이 말했다.

　"여기는 광상산입니다. 신선세계 십주(十洲) 가운데서도 가장 아름다운 곳이지요. 그대에게 신선의 인연이 있기 때문에,

감히 이곳까지 온 거랍니다. 한 번 시를 지어서 기록하지 않으시렵니까?"

나는 사양했지만, 받아들여지지 않았다. 그래서 곧 절구 한 수를 읊었다. 두 여인이 손뼉을 치며 크게 웃더니, "한 자 한 자가 모두 신선의 글입니다"라고 했다.

그때 갑자기 하늘로부터 한 떨기 붉은 구름이 내리떨어져 봉우리에 걸렸다. 북을 둥둥 치는 소리에 그만 꿈이 깨었는데, 베개 맡에는 아직도 아지랑이 기운이 자욱했다. 이태백이 꿈속에 천모산(天姥山) 놀이를 읊은 시의 경지가 여기에 미칠는지. 그래서 이에 적는다.

夢遊廣桑山詩序

乙酉春, 余丁憂, 寓居于外舅家. 夜夢登海上山, 山皆瑤琳珉玉, 衆峰俱疊, 白璧靑熒明滅, 眩不可定視, 霱雲籠其上, 五彩姸鮮, 瓊泉數派, 瀉於崖石間, 激激作環玦聲.
有二女, 年俱可二十許, 顔皆絶代, 一披紫霞襦, 一服翠霓衣, 手俱持金色葫蘆, 步屧輕蹻, 揖余. 從澗曲而上, 奇卉異花, 羅生不可名, 鸞鶴孔翠, 翎舞左右, 衆香馧馥於林端, 遂躋絶頂. 東南大海, 接天一碧, 紅日初昇, 波濤浴暈, 峰頭有大池湛泓, 蓮花色碧, 葉大, 被霜半褪. 二女曰,
"此廣桑山也, 在十洲中第一. 君有仙緣, 故敢到此境. 盍爲詩紀之?"
余辭不獲已, 卽吟一絶, 二女拍掌軒渠曰,
"星星仙語也."
俄有一朶紅雲, 從天中下墜, 罩於峰頂, 撾鼓一響, 醒然而悟. 枕席猶有烟霞氣, 未知太白天姥之遊, 能逮此否. 聊記之云.

그 시는 이렇다

푸른 바닷물이 구슬 바다에 넘나들고
파란 난새가 채색 난새와 어울렸구나.
연꽃 스물일곱 송이 붉게 떨어지니
달빛 서리 위에서 차갑기만 해라.

詩曰,

碧海侵瑤海, 靑鸞倚彩鸞.
芙蓉三九朶, 紅墮月霜寒.1

---

1. 우리 누님은 기축년(1589) 봄에 세상을 떠났으니, 그때 나이 스물일곱이었
   다. 그래서 "삼구홍타(三九紅墮)"의 말이 바로 증험되었다. (허균의 원주)

난설헌집 발문

부인의 성은 허 씨인데, 스스로 호를 난설헌이라 하였다. 균(筠)에게는 셋째 누님인데, 저작랑(著作郞)[1] 김성립에게 시집갔다가 일찍 죽었다. 자녀가 없어서 평생 매우 많은 글을 지었지만, 유언에 따라 불태워 버렸다.

전하는 작품이 매우 적은데, 모두 균이 베껴서 적어 놓은 것이다. 그나마 세월이 오래 갈수록 더 없어질까 걱정되어, 이에 나무에 새겨 널리 전하는 바이다.

만력 기원 36년(1608) 4월 상순에 아우 허균 단보(端甫)는 피향당(披香堂)에서 쓰다

---

1. 정8품 문관 벼슬인데, 홍문관에 1명, 승문원과 교서관에 2명씩 있었다.

누이에게 붓을 보내며

허 봉

신선 나라에서 예전에 내려주신 글방의 벗을
가을 깊은 규중에 보내어 경치를 그리게 한다.
오동나무를 바라보며 달빛도 그려 보고
등불을 따라다니며 벌레니 물고기도 그려 보아라.

送筆妹氏

仙曹舊賜文房友, 奉寄秋閨玩景餘.
應向梧桐描月色, 肯隨燈火注虫魚.

『두율(杜律)』 시집 뒤에다 써서 난설헌에게 주다

허 봉

이 『두율』 1책은 문단공(文端公) 소보(劭寶)가 가려 뽑은 것인데, 우집(虞集)의 주에 비하여 더욱 간명하면서도 읽을 만하다. 만력 갑술년(1574)에 내가 임금의 명령을 받들고 황제의 생신을 축하하러 갔다가 통천에서 머물렀었다. 그곳에서 섬서성의 거인(擧人) 왕지부(王之符)를 만나서 하루가 다 하도록 얘기를 나누었는데, 헤어지면서 이 책을 내게 주었다. 내가 (이 책을) 책상자 속에 보물처럼 간직한 지 몇 해 되었다.

이제 아름답게 장정해서 네게 한번 보이니, 내가 열심히 권하는 뜻을 저버리지 않으면 희미해져가는 두보의 소리가 누이의 손에서 다시 나오게 할 수도 있을 것이다.

만력 임오년(1582) 봄에 하곡은 쓰다.
- 〈제두율권후봉정매씨난설헌(題杜律卷後奉呈妹氏蘭雪軒)〉

해설
정한의 여인 난설헌의 삶과 시

1. 난설헌의 남매들

난설헌은 1563년에 강릉 초당리에서 태어났다. 그 다음해에 아버지 초당 허엽(1517~1580)은 경주부윤이 되었으며 그가 다섯 살 때에는 대사성이 되어 내직으로 영전하였다. 여섯 살 때에는 진하사(進賀使)가 되어 명나라에 들어가 황태자의 책봉을 축하하였다. 그 뒤로도 아버지와 오빠들의 벼슬길은 순탄하였다.

큰오빠 악록 허성(1548~1612)은 천성이 강직하였는데, 미암 유희춘에게 나아가서 글을 배웠다. 뒷날 대사성·대사간을 거치고 이조·예조·병조의 판서에까지 올랐다. 황윤길과 함께 서장관으로 일본에 다녀온 뒤엔 풍신수길이 침략할 것을 미리 밝히기도 했다.

큰언니는 우성전에게 시집갔다. 우성전은 퇴계에게서 성리학을 배웠으며 문과에 급제한 뒤 대사성까지 올랐다. 그는 이론이 명석하고도 고매하였다. 허 씨 집안과 함께 동인에 들었으며 임진왜란 때에는 의병을 일으켜 공을 세웠다.

작은오빠 하곡 허봉(1551~1588)도 형과 함께 유희춘에게서 글을 배웠으며 열여덟 살에 생원시에 장원하였다. 전한으로 있으면서 시론을 상소하였는데, 성격이 강직하였다. 창원부사로 있을 때에 도승지 박근원, 장흥부사 송응개와 함께 율곡 선생을 논하다가 갑산으로 유배되었다. 난설헌은 존경하던 오빠와 헤어지는 설움을 이렇게 시로 읊었다.

멀리로 귀양 가는 갑산 나그네여

함경도 길 가느라고 마음 더욱 바쁘겠네.
쫓겨나는 신하야 가의(賈誼) 같겠지만
쫓아내는 임금이야 어찌 초나라 회왕 같으랴.

가을 비낀 언덕엔 강물이 잔잔하고
고개 위의 구름은 저녁노을이 물드는데
서릿바람 받으며 기러기 울어 예니
걸음이 멎어진 채 차마 길을 못 가시네.

하곡의 옥당 동창인 예조판서 유성룡이 힘써 주고 아버지와 동문인 영의정 노수신이 애를 써서 세 해 뒤에야 귀양에서 풀려났다. 그는 이로부터 벼슬에 뜻을 버리고 백운산에 들어가 글을 읽었다. 자연을 즐기며 노닐다가 끝내는 금강산 대명암에까지 들어가 묻히게 되었다.

그러나 하곡은 그 절에서도 오래 머물 수가 없었다. 평소에 몸을 돌보지 않고 술을 지나치게 마신 것이 병이 되었다. 의원을 찾아 나오다가 금화 생창역에서 서른여덟의 젊은 나이로 죽었다.

난설헌이 죽기 바로 한 해 전이었다. 이들 남매의 우애는 무척 도타웠으며, 열세 살 위이던 오빠 하곡은 난설헌에게 스승이기도 했다. 그의 문장은 간결하고도 무게가 있었으며, 특히 시는 뛰어나고도 호탕했다. 참으로 혜성처럼 번득인 일세의 천재였다.

아우 교산 허균은 1569년에 태어났다. 그는 난설헌보다 여섯 살 아래였는데 일찍 아버님을 여의고 형들의 가르침과 귀여움을 받는 막내둥이로 자랐다. 그는 어려서부터 조숙하였으며 특히 기억력이 뛰어나서 한 번 읽으면 그대로 외곤 했다. 서애 유성룡에게서 문장을 배우고 손곡 이달에게서 시를 배웠다. 글을 짓는 솜씨와 글을 가려내는 솜씨는 일세에 당할 만한 사람이 없었다.

그는 유교와 도교를 포함한 제가백가뿐만 아니라 불교 및 천주교까지 널리 익혔다. 문과에 장원한 뒤에도 여러 차례 장원을 거듭하여 형조판서 우참찬을 지냈다. 사회에서 천대받던 서얼 출신의 동지들과 뜻을 모아서 혁명을 꾸미다가 당파싸움의 소용돌이 속에 휩쓸리어 쉰 살에 능지처참되었다. 이 때문에 허씨 집안은 멸족의 참화를 입었으며 아버지 초당의 신도비까지 두 동강이 났다. 그는 형식적인 예절에 얽매이기를 싫어하였다. 그래서 모든 것을 천성에 맡겼다. 그는 또한 "남녀의 정욕은 본능이고, 예법에 따라 행동하는 것은 성인이다. 나는 본능을 따를 뿐이지 감히 성인을 따르지 아니하리라"라고 하였다. 그래서 상중에 있으면서도 기생들을 가까이하였다. 그는 이토록 급진적인 사상가였다.

초당 허엽과 이들 네 남매는 조선시대를 통틀어 으뜸가는 문장가 집안이었다. 매천 황현이 봉, 초희, 균 세 남매를 특히 사랑하여 "초당 집안의 세 그루 보배로운 나무"라고 했거니와, 난설헌의 남매들은 당시의 문단에 있어서나 정계에 있어서나 으뜸가는 문벌들이었다. 난설헌의 시와 사람됨은 이러한 집안에서 태어나고 자라면서 이루어진 것이다.

2. 삶과 배움

난설헌은 1563년에 강릉 초당리에 있는 외할아버지 댁에서 태어났다. 그 다음해에 아버지 초당은 경주부윤이 되었으며, 그가 다섯 살 때에는 대사성이 되어 내직으로 영전하였다.

이처럼 유복한 집안에서 자라난 그는 특히 글재주가 뛰어나 여신동이라고 불렸다. 당대의 석학인 아버지와 오빠들 사이에서 여러 가지를 듣고 보며 자라났을 것이다. 그는 특히 동복 남매인 오빠 하곡, 동생 교산과 더욱 가깝게 지냈다. 난설헌보다 열세 살이나 위였던 하곡은 사랑과 존경을 받는 오빠인 동시에 글과 삶을 가르쳐 준 스승이기도 했다.

그러나 여성에게는 문필적 교양이 가로막혀 있던 시대였으므로 아버지 초당도 이를 걱정하여 그에게 정식으로 글을 가르치려 하지는 않았다.

실학파의 대가인 이익까지도 그의 책 『성호사설』에서, "글을 읽는 것과 가르치는 것은 남자가 할 일이다. 여자가 이에 힘쓰면 그 해로움이 끝없을 것이다"라고 한 것이 그때 사대부들의 신념이었다. 여자가 글을 좋아하면 팔자가 사납다고 걱정하였다. 그래서 그의 아버지 초당도 딸에게 글을 가르쳐 주지 않으려 했다고 한다. 결국 그는 어깨너머로 글을 배웠지만 그의 천부적인 재질은 어쩔 수 없어서 그토록 뛰어난 남매들 가운데서도 단연코 두각을 나타내었다.

하곡은 아우 교산이 어렸을 적에, 자기의 글벗인 손곡 이달에게 나아가서 시를 배우라고 권하였다. 이때 난설헌도 아우 교산과 함께 손곡에게서 시를 배웠다고 한다. 난설헌이 글을 배우는 동안 가장 큰 영향을 끼친 사람은 오빠 하곡과 스승 손곡이었다.

난설헌은 손곡에게서 시를 배우는 동안 그의 사람됨까지 받아들이게 되었다. 아울러 부조리한 사회현실에 대해서도 불만을 가지기 시작했다. 난설헌은 규중에서 곱게 자라난 규수였지만, 손곡은 일생을 떠돌아다닌 불우한 시인이었기 때문에 그 불만을 함께 느낀 것이다. 손곡은 양반의 아들이었지만 미천한 기첩에게서 태어났기 때문에 뛰어난 글재주에도 불구하고 세상에서 쓰이지 못했다.

그는 어려서부터 글을 읽은 것이 많을 뿐만 아니라 시를 짓는 솜씨도 남달라서 한리학관(漢吏學官)이 되었지만 마음에 들지 않은 일이 있다고 해서 그 자리를 박차 버리고 나왔다. 그 뒤로는 일정한 곳에 몸을 붙이지 않고 여기저기를 떠돌아다니며 살았다.

더군다나 그 성품이 방탕하고 행동을 절제하지 않았으며 세속의 예절을 익히지 않았으므로 당시의 많은 사람들로부터 힐난을 받았다. 그와 마음이 통하고 따뜻하게 맞아 준 곳이 바로 난설헌의 집안이었다.

손곡도 처음에는 그 시대의 다른 시인들처럼 송나라의 시, 특히 소동파의 시를 배웠다. 그러다가 박순에게서 당나라의 시를 배우라는 충고를 듣고 나서부터 당나라의 시를 배우기에 힘썼다.

또한 손곡은 젊었을 때에 정사룡에게서 당나라의 시를 배웠다. 끝내는 당세에 시를 가장 잘 지어서 최경창, 백광훈 등과 더불어 삼당시인(三唐詩人)이라는 이름을 얻기까지 했다. 난설헌의 오빠인 하곡도 당나라의 시를 즐겨 익히고, 그러한 흐름에서 시를 지었다. 따라서 난설헌은 이러한 스승들을 통하여 당나라의 시를 익혔다.

난설헌은 자기의 천부적인 재질을 믿기만 한 것이 아니라 글을 읽고 다시 익히며 또한 짓기를 게을리하지 않았다. 자기 주위에 있는 책 가운데 읽지 않은 것이 없었으므로, 그의 초당에 쌓여 있는 만 권의 책은 모두 그의 시의 제재가 되었다. 그가 시를 지을 때에 끌어들이는 출전은 헤아릴 수 없이 많았다.

찬란한 문벌과 학벌과 벼슬을 가진 훌륭한 스승들이 많았는데도 구태여 불우하고 미천한 손곡에게 귀한 자녀들의 교육을 마음놓고 내어맡긴 초당 집안의 식견도 또한 뛰어났다고 할 만하다. 손곡의 불만과 반항의식, 세상을 우습게 아는 오만 무례함 등은 교산, 난설헌과도 뜻이 맞았을 것이다. 그래서 그들은 그 시대의 선구자가 될 수 있었다. 난설헌은 자기의 스승인 손곡과 고죽, 옥봉 등의 삼당시인들이 시를 잘 짓는 만큼 인정을 받지 못하고 어렵게 살아가는 것을 동정하여 시를 지었다.

요즘 들어 최경창, 백광훈 같은 시인들이
시를 제대로 익혀 성당 때를 따른다 하니,
시들어 가던 "대아"의 시풍이
이에 다시 아름답게 울리는구나.
낮은 벼슬아치는 녹봉으로 살기 어려워
변방의 고을에선 시름만 더욱 쌓이니,
해마다 나이 들수록 벼슬자리는 낮아져서
시가 사람을 어렵게 만드는 줄 이제야 알겠어라.

그러나 난설헌 같은 천재라 하더라도 모든 여인들이 가는 길을 피할 수는 없었다. 시집을 가야만 한 것이다. 난설헌이 몇 살 때에 김성립과 결혼했는지는 알 수가 없다. 안동 김 씨 집안인 시댁은 5대나 계속 문과에 급제한 문벌이었다. 김성립의 할아버지 홍도는 진사에도 장원했고 문과에도 장원하였다. 아버지 첨도 문과에 급제하고, 호당(湖堂)에 드나들었다.

그러나 김성립은 허초희와 짝이 될 수가 없었다. 과거에 계속 떨어지다가 난설헌이 죽던 해에야 문과에 병과(丙科)로 급제했으며, 죽을 때의 벼슬도 정8품에서 그쳤다. 재주와 학식은 난설헌과는 도저히 견줄 수가 없었다. 게다가 전해 오는 이야기에 의하면 그는 얼굴이 못생겼으며, 바람기까지 있었다고 한다. 아마도 자기보다 너무나 뛰어난 난설헌에게 자존심이 상하여 그처럼 빗나갔을 것이다.

더구나 그의 남편은 과거 공부를 한다는 핑계로 집에 붙어 있지를 않았다. 이러한 이유 때문에 난설헌은 신혼 초기부터 불행하기만 했다. 마음이 맞는 아버지와 남매들 사이에서 곱게 자라난 그로서는 너무나도 커다란 시련이었다. 한강가 서당에서 글을 읽는 남편을 생각하면서 난설헌이 한 편의 시를 지어서 보냈다

제비는 처마 비스듬이
짝 지어 날고,
지는 꽃은 어지럽게
비단옷 위를 스치는구나.
동방에서 기다리는 마음
사뭇 아프기만 한데
풀은 푸르러져도 강남에 가신 님은
여지껏 돌아오시질 않네.

미물인 제비조차도 짝을 지어 나는데, 신혼살림을 차린 방에서 오지도 않는 님을 혼자서 기다리며 지은 시이다. 철따라 봄은 찾아오고 풀은 푸르러졌건만 자기만이 홀로 있다. 신혼 초의 아내가 낭군을 기다리는 것쯤이야 당연하다고 하겠건만, 이 시가 너무 방탕하므로 그의 시집에는 실리지 않았다고 지봉은 말했다. 그토록 비인간적인 조선사회에서 너무나도 인간적인 난설헌이 살아나간다는 것은 참으로 힘든 일이었다.

난설헌은 평범한 가정주부가 될 수는 없었다. 뛰어난 재주와

예술가로서의 성격이 그를 한갓 아내로서만, 그리고 며느리로서만 놓아두지를 않았던 것이다. 아우 교산이 누님의 죽음을 슬퍼하여 지은 글을 보면, 시어머니의 눈 밖에 나서 고부간에도 늘 불화가 있었다고 한다. 시어머니 송 씨는 당대에 경학(經學)으로 이름난 이조판서 송기수의 딸이었는데 만만찮은 성격을 지니고 있었다. 더군다나 아들이 집에 거의 없었으므로 시어머니와 며느리 사이에는 늘 불화가 있었다. 그러던 가운데 그에게는 더 큰 시련이 찾아왔다.

지난해에는 사랑하는 딸을 여의고
올해에는 하나 남은 아들까지 잃었네.
슬프디 슬픈 광릉의 땅이여
두 무덤 나란히 마주보고 서 있구나.
사시나무 가지에는 쓸쓸히 바람 불고
솔숲에선 도깨비불 반짝이는데
지전을 날리며 너의 혼을 부르고
너의 무덤 위에다 술잔을 붓노라
너희들 남매의 가여운 혼은
생전처럼 밤마다 정겹게 놀고 있겠지
비록 뱃속에 아이가 있다 하더라도
어찌 제대로 자라날 수 있으랴.
하염없이 슬픈 노래를 부르면서
피눈물 울음을 속으로 삼키네.

남편과 시어머니에게서 버림받고 오직 정을 붙이고 살던 아들마저 너무나도 일찍 죽어 버린 것이다. 밤이면 비바람 불고 도깨비불까지 반짝이는 무서운 숲속에다가 어린 자식들을 둘씩이나 묻어 놓고, 너무 슬퍼서 울음소리도 못 내는 그의 처절한 모습을 우리는 그려 볼 수 있다. 그러나 어디 그뿐이었던가. 그가 못내 걱정하던 대로 그의 유약한 체질 때문에 뱃속에 있던 아이도 햇빛을 못 보고 죽었던 것이다.

사방을 둘러보아도 누구 하나 그에게 사랑을 베풀어 주고 따뜻한 말 한마디 건네줄 사람이 없었다. 친정에서 자라나던 시절과는 모든 것이 너무나도 달랐다. 그토록 괴로운 나날을 보내면서 그는 자기가 살고 있는 조선이라는 사회에 대해서, 그리고 남편이라는 김성립에 대해서 회의를 느끼기 시작했다. 이것이 바로 난설헌이 품은 세 가지 한이었다.

첫째, 이 넓은 세상에서 하필이면 왜 조선에 태어났는가. 둘째, 하필이면 왜 여자로 태어났는가. 셋째, 하필이면 수많은 남자 가운데 왜 김성립의 아내가 되었는가.

첫째와 둘째의 불만은 난설헌의 선천적인 재능에서 오는 필연적인 불만이다. 유교사상에 찌들은 사회, 남존여비를 숭상하여 아무리 글재주가 뛰어났더라도 여자이고 보면 사회에의 진출이 막히고 홀로 시들어 버려야 하는 사회, 삼종지도(三從之道)와 칠거지악(七去之惡)이란 틀을 만들어 놓고 모든 것이 남자를 위해서만 만들어진 사회에 대해서 불만을 느낀 것이다.

그의 시에 나오는 꽃 가운데 가장 많이 보이는 것이 난초이다. 단아한 자태와 은은한 향기, 난초가 가지는 고상하고도 단아한 향취는 난설헌의 향그러운 자태였을 것이다. 그의 시에는 눈(雪)이란 낱말도 아홉 번이나 나왔다. 아마도 현실에서 도피하여 하늘나라로 자주 눈을 돌리던 그로서는 온 천지를 잠시나마 흰색 한 가지로 깨끗하게 덮어 주고 더러운 현실을 보이지 않게 해주는 눈을 좋아했을 것이다. 그래서 그는 가장 좋아했던 난초와 눈을 끌어다가 난설(蘭雪)이라고 호를 지었을 것이다.

그가 죽을 무렵에 이르러 친정은 몰락해 가기 시작하였다. 아버지 초당은 경상감사 벼슬을 마치고 서울로 올라오던 길에 상주 객관에서 객사하였다. 오빠 하곡은 당파싸움 끝에 갑산으로 귀양 갔다가 끝내 고질병을 얻어서 객사하고 말았다. 아들과 딸이 어려서 죽고 뱃속의 아기까지 죽었으니 난설헌의 슬픔과 괴로움은 엎치고 또 덮친 셈이다. 그는 끝내 자기가 이 어려움을 헤쳐 나가지 못하고 죽으리라는 것을 알게 되었다. 죽기 바로 한 해 전에 이상한 꿈을 꾸고는 시를 지었다.

　푸른 바닷물이
구슬 바다에 스며들고,
푸른 난새는
무지갯빛 난새에게 기대었구나.
연꽃 스물 일곱 송이가
붉게 떨어지니,
달빛은 서리 위에서
차갑기만 하여라.

　자기가 평생 즐겨 찾던 신선세계에서 난설헌은 세상을 마친 것이다. 그는 1589년, 스물일곱이라는 너무나 젊은 나이에 이 세상을 떠났다. 남편 김성립은 그해에야 비로소 문과에 급제하였다. 다시 장가를 들었지만, 삼 년 뒤에 임진왜란을 맞아 싸우다가 죽었다. 김성립의 시체는 찾지 못하고 의관만으로 장례를 지냈는데, 경기도 광주군 초월면 경수산 안동 김 씨 선영에 두 번째 부인 홍 씨와 함께 묻혔다. 난설헌도 그곳에 따로, 어려서 죽은 아들과 딸의 쌍무덤과 나란히 묻혀 있다. 요즘 중부고속도로가 그곳을 꿰뚫고 지나가는 바람에 서쪽으로 다시 유택을 옮

겨야 했다. 그는 죽어서까지도 몸과 마음이 편하지를 못했던 것이다.

3. 난설헌의 눈물

그의 시에는 눈물이 자주 나온다. 옛날 우리나라의 여자들이 거의 그러했지만, 그는 누구보다도 눈물을 많이 흘린 시인이다.

그가 왜 눈물을 흘려야만 했을까. 누구보다도 유복하게 자란 그로서는 적어도 시집가기 전에는 그다지 큰 괴로움을 겪어보지 못했을 것이다. 어떤 의미에서 본다면 가난과 괴로움을 시에서만 쓰이는 하나의 소재로써 즐긴 것 같기도 하다.

그는 억눌린 사람들과 가난한 사람들의 편에 서서, 동정의 눈길로 시를 지었다. 그 가운데서도 대표적인 시는 가난한 여인을 읊은 「빈녀음」이다.

얼굴 맵시야
어찌 남에게 떨어지리요,
바느질 길쌈 솜씨
모두 좋은데,
가난한 집안에서
자라난 탓에,
중매할미 모두 나를
몰라준다오.

밤늦도록 쉬지 않고 베를 짜노라니
베틀소리만 삐걱삐걱 차갑게 울리네.
베틀에는 베가 한 필 짜여졌지만,

뉘 집 아씨 시집갈 때 혼수하려나.

남달리 글재주가 있었지만 조선조 봉건사회의 폐쇄성 때문에 자기의 재주를 맘껏 펼 수 없었던 난설헌의 처지와, 이 가난한 여인의 처지는 비슷하다. 여자로서 갖춰야 될 것을 모두 제대로 갖추었으면서도 가난하다는 이유 때문에 남들이 거들떠보지도 않는 이 여인의 슬픔을 난설헌은 마치 자기의 슬픔인 양 그려 내었다.

그가 세상을 살아가면서 처음으로 겪었던 큰 경험은 결혼이 었다. 그는 결혼을 하기 전에, 사랑에 대해서 행복한 꿈을 지녔었다. 「채련곡」과 같은 시는 님과의 행복한 생활을 꿈꾸며 지었으리라고 생각된다.

가을의 호수는 맑고도 넓어
푸른 물이 구슬처럼 빛나네.
연꽃 덮인 깊숙한 곳에다
목란배를 매어 두었네.
님을 만나 물 건너로
연꽃 따서 던지고는,
행여나 누가 보았을까봐
한나절 혼자서 부끄러웠어라.

이 시는 너무나도 사랑에 겨운 노래이다. 그래서 이수광은 평하기를 너무나 방탕한 데에 가까워 문집에 싣지 않았다고까지 말했다. 그러나 이러한 행복과 즐거움은 어디까지나 꿈이었을 뿐이다. 정작 난설헌이 겪어야만 했던 결혼생활은 슬픔과 눈물로만 이어졌다.

곱게 다듬은 황금으로
반달 모양 만든 노리개는
시집올 때 시부모님이 주신 거라서
붉은 비단치마에 차고 다녔죠.
오늘 길 떠나시는 님에게 드리오니
먼 길에 다니시며 정표로 보아 주세요.
길가에 버리셔도 아깝지는 않지만,
새로운 연인에게만은 달아 주지 마셔요.

반달 모양의 노리개는 아내가 낭군에게 바치는 사랑과 정성의 표시이다. 이러한 사랑을 남편이 받아 주기를 바라며, 정표로 준 것이다. 그러나 그는 벌써 남편의 마음속을 잘 알고 있다.

이러한 정성을 곧 저버릴 것은 분명하지만, 그것까지야 탓할 수는 없고 새로 다른 여인을 사랑하지는 말아 달라는 것이 난설헌의 호소이다. 호소치고는 눈물겹도록 처절한 호소이다. 그는 자기의 자존심이 상처받는 것을 참을 수 없었던 것이다.

그는 여러 차례 님에게 호소도 하고, 또 누구에게랄 것도 없이 질투도 하지만, 끝내 그 님의 마음은 돌아서지를 않는다. 그래서 난설헌도 드디어는 체념을 하게 된다. 누구에게 들어 달라고 하는 원망이 아니라, 규중 깊숙이 들어앉아서 홀로 되뇌이는 고요한 원망이 곧 이러한 체념이다.

가을 깊은 다락엔 달이 떠오르고
구슬 병풍은 비어 있는데
서리 내린 갈대밭에는

저녁 기러기가 내려앉네.
마음 기울여 거문고를 타도
님은 오시지 않고,
들판 연꽃 위엔 연꽃만
하염없이 떨어지네.

봄풀이 파랗게 돋을 때마다 님이 오시길 기다렸지만, 그 님은 끝내 오시지를 않았다. 님을 맞으려고 거문고를 정성껏 탔지만 정작 님은 오시지 않았다. 그러나 그도 이제 다시는 울지 않는다. 예전에는 님을 그리면서 비단치마 위에 눈물자국이 얼룩질 정도로 울었고, 또 그 위에 다시 얼룩질 정도로 밤새우며 울었지만 이제는 더 이상 울지 않는 것이다. 모든 것을 체념한 여인으로, 마치 인생의 뒤안길에서 이제는 거울 앞으로 돌아와 선 여인처럼 주어진 대로 살아가는 것이다. 모든 슬픔을 겪으며 살았던 옛날 우리나라 전형적 여인의 모습이다.

4. 선녀 난설헌의 하늘나라

난설헌의 시에는 "신선"이라는 글자와 "꿈"이라는 글자가 많이 나온다. 그는 현실에서 만족을 느끼지 못했기 때문에 언제나 꿈의 세계와 신선의 세계를 그리워하였다. 신선과 꿈을 그린 시가 거의 절반이나 되는 것을 보아서도 그의 세계를 알 수 있다.

신선세계·하늘나라야말로 난설헌의 영원한 고향이었다. 주어진 운명에 적응을 못하고, 그렇다고 정면 대결을 할 수도 없었던 난설헌은 신선이 사는 세계로 숨어든 것이다. 그곳에 이르면 불만도 없어지고, 슬픔과 눈물도 없어진다. 이러한 신선세계가 바로 난설헌의 고향이었고, 난설헌은 잠시 인간세계에 내려와 살았던 선녀였다.

어젯밤 꿈에 봉래산에 올라
갈파의 못에 잠긴 용의 등을 탔었네.
신선들께선 푸른 구슬지팡이를 짚고서
부용봉에서 나를 정답게 맞아 주셨네.
발 아래로 아득히 동해물 굽어보니
술잔 속의 물처럼 조그맣게 보였어라.
꽃 밑의 봉황새는 피리를 불고
달빛은 고요히 황금 물동이를 비추었어라.

봉래산은 바다 속에 있다는 신선산이다. 그래서 이곳으로 가
려면 갈파의 물에 있는 용을 타야 한다. 신선들처럼 푸른 구슬
지팡이를 짚고서 부용봉으로 올라가 내려다보니 인간의 세계는
참으로 작고도 보잘것없었다. 저 조그만 세계에서 사랑하고 미
워하며, 슬퍼하고 눈물 흘렸던가. 그는 선녀인지라, 세속의 눈
물과 슬픔을 모두 잊어버리고 하늘나라의 생활을 즐길 뿐이다.

외로운 밤 연못가에서
선계의 님을 그리노라니,
달은 삼십육 봉 위에서
밝게 비치네.
난새 피리소리도 멎고
푸른 하늘은 고요한데,
님은 저 멀리 있어
잠들려 해도 들지 못해라.

그는 인간세상에서 제대로 만나지 못한 짝을 하늘나라에서 찾았는지도 모른다. 그가 하늘에 오르면서 가장 먼저 보고 싶었던 순임금, 부부의 금슬이 그토록 좋았다는 순임금이 그가 그렸던 님일 수도 있다. 또는 세상에서 전하는 소문대로, 인간세계에서 김성립과 헤어진 뒤 하늘나라에서 시인 두목지를 만나고 싶어했는지도 모른다.

어쨌든 그는 자기가 하늘에서 보고 들었던 것들을 모아서 87편이나 되는 시를 지었다. 그에게 있어서 하늘나라는 현실적인 고향이었으며, 땅 위의 인간세계는 잠시 와서 머문 곳이었다.

그래서 중국 시인 주지번(朱之蕃)도 난설헌의 시집 머리말에서, 그가 봉래섬을 떠나 인간세계로 우연히 귀양을 온 선녀라고 소개했다. 그래서 그가 지어 남긴 시들은 모두 아름다운 구슬이 되었다고 칭찬하기도 했다. 인간세상에서는 눈물과 슬픔으로 나날을 보낸 난설헌이었지만, 신선세계에서는 그러한 것들을 모두 잊어버리고 즐겁게 살 수 있었다.

5 『난설헌집』에 대하여

그는 평생토록 지었던 시들을 죽기 전에 불태워 버렸다. 초당에 가득 찼던 그의 시들이 모두 재로 화해 버린 것이다. 다만 그의 아우 허균의 기억력이 매우 뛰어났으므로, 평소에 외웠던 누님의 시들과 친정에 남아 있던 시들을 정리하여서, 한 권의 시집으로 엮었다. 그는 중국에서 사신으로 왔던 주지번을 만나서 이 시권을 넘겨주었는데, 주지번은 이 시권에다 서문을 써주고, 중국에서도 출간했다고 한다. 허균은 1607년 12월에 공주목사가 되었는데, 그 고을의 재정을 빌어서 1608년 4월에 『난설헌집』을 목판으로 간행했다. 중국과 일본에서도 각기 『난설헌집』이 간행되어 널리 팔렸다.

　이 책에는 시 210수 부(賦) 1편, 산문 2편이 실려 있다. 허균은 누이의 시를 주지번에게 전하기 앞서, 오명제(吳明濟)라는 명나라 시인에게 전한 적이 있다. 그는 정유란 때에 명나라의 원군으로 참전한 시인이었는데, 허균이 그에게 난설헌의 시를 200여 편이나 외워 주었던 것이다. 그 가운데 『난설헌집』에는 실리지 않고 중국의 시선집인 『명시종』『열조시집』에만 전해온 시도 10여 편이 있다. 그러나 중국 문헌에 실려 전하는 난설헌의 시들에 대해서는 좀 더 치밀한 고증이 필요하다. 초판에는 「난설헌집 밖에서 전해오는 시들」을 실었지만, 이번 개정증보판은 허균이 국내에서 편찬 간행한 『난설헌집』을 완역하는 것으로 대신하였다.

– 허경진

연보

1563년, 강릉 초당리에 있는 집에서 초당 허엽의 삼남 삼녀 가운데 셋째 딸로 태어났다. 어머니는 호조참판·경상감사를 지낸 김광철의 딸인데, 허엽의 후처이다. 하곡 허봉과 교산 허균이 같은 어머니에게서 태어났다. 아버지가 계속 승지·대사간·대사성·부제학 등의 벼슬을 했으므로, 난설헌은 한양성 건천동에서 자랐다.

나의 본집은 건천동에 있었다. 청녕공주 저택 뒤로부터 본방교에 이르기까지 겨우 서른네 집인데, 나라가 시작된 이래로 이 동네에서 이름난 사람이 많이 나왔다.
김종서·정인지·이계동이 같은 때였고, 양성지·김수온·이병정이 한 시대였으며, 유순정·권민수·유담년이 같은 시대 인물이었다. 그 뒤에도 정승 노수신 및 나의 아버님과 변협이 같은 때에 살았고, 가까이로는 서애 유성룡과 나의 형님, 이순신, 원균이 한 시대였다. 유성룡은 나라를 중흥시킨 공이 있었고 원균과 이순신 두 장군은 나라를 살린 공이 있었으니, 이때에 와서 인물이 더욱 성하였다.

(허균 「성옹식소록」 하)

그의 집안은 고려시대의 조상적부터 문학에 뛰어난 집안이기도 했지만, 그의 아버지 초당이 특히 글 배우기를 즐겨서 여러 스승들을 찾아다녔다. 아버지는 자기가 글 배울 적 이야기를 자녀들에게 즐겨 얘기해 주곤 했는데, 아우 허균은 자기 집안 학문의 연원을 이렇게 기록하였다.

형님과 누님의 문장은 가정에서 배운 것이며, 선친은 젊었을 때 모재(慕齋) 김안국(金安國)에게 배웠다. 모재의 스승은 허백당(虛白堂) 성현(成俔)인데, 그 형 성간(成侃)과 김수온(金守溫)에게 배웠다. 두 분은 모두 태재(泰齋) 유방선(柳方善)의 제자이고, 유공은 문정공(文靖公) 이색(李穡)의 으뜸가는 제자였다.

(허균 「답이생서(答李生書)」)

그 밖에도 초당의 스승으로는 장음(長吟) 나식(羅湜)과 화담 서경덕이 있다. 난설헌의 시 가운데 선계시(仙界詩)가 많은 것과 신선 세계에 관한 책을 많이 읽은 것도 모두 아버지를 통해 내려온 서경덕의 영향이다.

아버님께서는 화담 선생에게 가장 오래 배우셨다. 일찍이 칠월에 선생의 집으로 찾아가셨는데, 그가 화담으로 간 지 벌써 엿새째라 했다. 곧 화담 농막으로 가셨는데, 가을 장마물이 한창 넘쳐나서 건널 수가 없었다. 저녁때에 여울물이 조금 줄었으므로 겨우 건너가시니, 선생은 한참 거문고를 타면서 높게 읊조리고 있었다. 아버님께서 저녁밥 짓기를 청하니 선생은 "나도 먹지 않았으니 함께 짓는 것이 좋겠다"고 하였다.
머슴이 부엌에 들어가 보니, 솥 안에 이끼가 가득하였다. 아버님께서 이상하게 여기시고, 까닭을 물으셨다. 선생이 이르기를 "물이 막혀서 엿새 동안을 집사람이 능히 오지 못했다. 그래서 나도 오랫동안 식사를 하지 못했으므로 솥에 이끼가 났을 것이다"하였다. 아버님께서 그의 얼굴을 쳐다보셨는데, 굶주린 기색이 조금도 없었다.

(허균 「성옹식소록」 중)

1570년, 여덟 살의 어린 나이로 「광한전백옥루상량문」(廣寒殿

白玉樓上樑文)을 지어, 신동이라고 이름이 났다. 그 뒤에 작은 오빠 허봉의 친구인 손곡 이달에게서 시를 배웠다고 한다. 아우 허균도 자라서 이달에게 시를 배웠는데, 난설헌이 그의 시를 고쳐 주기도 했다.

　허균이 글재주가 남보다 뛰어났는데, 어릴 적에 일찍이 "여인이 그네를 흔들며 밀어 보낸다"는 시를 써서 그 누님 난설헌에게 보였다. 난설헌이 보고 말했다. "잘 지었다. 다만 한 구절이 잘못되었구나." 아우 균이 물었다. "어떤 구절이 잘못되었습니까?" 난설헌이 곧 붓을 끌어다 고쳐 썼다. "문 앞에는 아직도 애간장을 태우는 사람이 있는데, 님은 백마를 타고 황금 채찍을 쥔 채 가버렸네."

(임상원 『교거쇄편』 권2)

　1577년 즈음에 김성립에게 시집을 갔다. 허균은 자기 매부 김성립을 실력 없는 사람으로 평가하였다.

　세상에 문리(文理)는 모자라도 능히 글을 짓는 자가 있다. 나의 매부 김성립에게 경전이나 역사책을 읽어 보라 하면 제대로 혀도 놀리지 못한다. 그러나 과문(科文)은 아주 요점을 맞추어서, 논(論)·책(策)이 여러 번 높은 등수에 들었다.

(허균 「성옹식소록」 하)

　김성립은 신혼 초부터 아내 난설헌을 내버리고 한강 서재에서 과거 공부를 하였다.

　내가 젊었을 때, 김성립과 다른 친구들과 함께 집을 얻어서, 과거 공부를 같이 했다. 한 친구가 "김성립이 기생집에서 놀고 있다"고 근거 없는 말을 지어냈다. 계집종이 이를 듣고는 난설헌에게 몰래 일러바쳤다. 난설헌이 맛있는 안주를 마련하고 커다란 흰병에다가 술을 담아서, 병 위에다 시 한 구절을 써서 보냈다.

　　낭군께선 이렇듯
　　다른 마음 없으신데,
　　같이 공부한다는 이는 어찌 된 사람이길래
　　이간질을 시키는가.

　그래서 난설헌은 시에도 능하고 그 기백도 호방함을 비로소 알게 되었다.

(『시화휘성』에 실린 신흠의 얘기)

　김성립은 과거 공부에 힘쓰지 않고 기생집만 즐겨 찾았다. 결혼하고도 10년 이상이나 과거에 급제하지를 못했다.

　난설헌은 『태평광기』를 즐겨 읽었다. 그 긴 이야기를 다 외웠으며, 중국 초나라 번희(樊姬)를 사모했기 때문에 호까지도 경번(景樊)이라고 지었다. 자기 남편 김성립이 서당에 독서하러 가면 편지에다 이렇게 썼다. "옛날의 접(接)은 재주(才)가 있었는데 오늘의 접(接)은 재주(才)가 없다"고 글자를 헐어서 질투를 하며 꾸짖는 말을 했다.

(임상원 『교거쇄편』 권1)

1579년 5월, 아버지가 경상감사가 되어 내려갔다.
1580년 2월 4일, 아버지가 병에 걸려 서울로 올라오다가, 상주 객관에서 죽었다.

1582년 봄, 작은오빠가 7년 전 중국에 사신으로 다녀오면서 구했던 『두율』한 권을 주어, 두보의 시를 배우게 했다.

1583년, 경기도 순무어사로 나갔던 작은오빠가 병조판서 이율곡을 탄핵하다가 창원부사로 좌천되었고, 곧 이어 갑산으로 유배되었다.

1585년 봄, 상을 당해서 외삼촌댁에 머물렀다. 이때 자기의 죽음을 예언하는 시를 지었다.

1588년 9월 17일, 한양성에 들어오지 못하고 떠돌아다니던 작은오빠가 금강산에서 노닐다가, 황달과 폐병으로 죽었다. 들것에 실려 나오다가, 금화현 생창역에서 눈감았다.

1589년 3월 19일, 어린 아들과 딸을 먼저 보낸 끝에, 난설헌도 스물일곱 나이로 죽었다. 많은 작품을 불태워 버리라고 유언하였다. 경기도 광주군 초월면 경수산 안동 김 씨 선영에 묻혔다. 그의 무덤 앞에는 그보다 먼저 어려서 죽은 아들과 딸의 애기 무덤이 있다.

난설헌이 일찍이 꿈속에서 월황(月皇)이 운을 부르며 시를 지으라 하기에 "아리따운 연꽃 스물일곱 송이/붉은 꽃 떨어지고 서릿발만 싸늘해라"고 지었다. 꿈에서 깨어난 뒤에도 그 경치가 낱낱이 생각나므로 「몽유기」(夢遊記)를 지었다. 그 뒤에 그녀 나이가 27세 되었다. 아무런 병도 없었는데, 어느 날 갑자기 몸을 씻고 옷을 갈아입고서 집안 사람들에게 말했다. "금년이 바로 3·9의 수(3×9=27)에 해당되니, 오늘 연꽃이 서리에 맞아 붉게 되었다"하고는 유연히 눈을 감았다.

(구수훈『이순록』하)

1590년 11월, 아우 허균이 친정에 흩어져 있던 시와 자기가 외고 있던 시를 모아서 『난설헌집』을 엮었다.

1592년, 남편 김성립은 왜놈들과 싸우다가 죽었다. 두 번째 부인 홍 씨와 함께 선산에 묻혔다.

1598년 봄, 정유재란을 도우러 명나라에서 원정 나온 문인 오명제에게 허균이 난설헌의 시 200여 편을 외어 주었다. 이 시가 『조선시선』『열조시집』에 실린 뒤에 『난설헌집』이 출판되었다.

1606년 3월 27일, 허균이 중국에서 온 사신 주지번에게 『난설헌집』을 전해 주었다.

1608년 4월, 공주목사 허균이 『난설헌집』을 목판본으로 출판하였다.

1711년, 일본에서도 분다이야 지로베이에(文臺屋次郎兵衛)에 의하여 『난설헌집』이 간행되었다.

1913년 1월 10일, 난설헌의 시에 화운한 허경란(許景蘭)의 『소설헌집』(小雪軒集)을 부록으로 엮은 『난설헌집』이 신활자로 신해음사에서 출판되었다.

[原詩題目 찾아보기]

* 표시는 첫째 구문이거나 소제목을 나타냄.

옮긴이 **허경진**은 연세대학교 국어국문학과를 졸업하고,
같은 대학원에서 문학박사 학위를 받았다. 목원대학교 국어교육과 교수와
열상고전연구회 회장을 거쳐, 연세대학교 국문과 교수를 역임했다.
《한국의 한시》총서 외 주요저서로는《조선위항문학사》,《허균 평전》,
《허균 시 연구》,《대전지역 누정문학연구》,
《성호학파의 좌장 소남 윤동규》등이 있고,
옮긴 책으로는《연암 박지원 소설집》,《매천야록》,
《서유견문》,《삼국유사》,《택리지》,《허난설헌 시집》,
《주해 천자문》,《정일당 강지덕 시집》등 다수가 있다.

韓國의 漢詩 10
許蘭雪軒 詩選

초 판	1쇄 발행일	1986년 4월 10일
초 판	5쇄 발행일	1996년 4월 25일
개정증보판	1쇄 발행일	2007년 6월 30일
개정증보판	11쇄 발행일	2024년 12월 10일

옮 긴 이   허경진
만 든 이   이정옥
만 든 곳   평민사
　　　　　서울시 은평구 수색로 340 〈202호〉
　　　　　전화 : 02) 375-8571
　　　　　팩스 : 02) 375-8573
　　　　　http://blog.naver.com/pyung1976
　　　　　이메일 pyung1976@naver.com
등록번호   25100-2015-000102호
 ISBN   978-89-7115-714-5 04810
　　　　　978-89-7115-476-2 (set)
정 　 가   13,000원